可愛げがないと捨てられた天才魔導具師は隣国でのんびり気ままな工房生活を送ることにしました！
～念願の第二の人生、思う存分ものづくりライフ！～

藍上イオタ

目次

特別書き下ろし番外編

ルシア
ファクト子爵家の長女で、
行方不明の父に代わって魔導具を
ワンオペ管理している天才魔導具師。
魔導具が大好きで、
追放後は工房を開店し
様々なアイテムを開発中！
カイル
商人の末子と名乗っているが、
実は隣国シグラ王国の第三王子。
魔導具を学ぶために留学し、
ルシアと出会う。
ウルカヌス
母親の形見であるペンダントを
ルシアが組み直したことが
きっかけで目覚めた火の精霊。
可愛げがないと捨てられた
天才魔導具師は
隣国でのんびり気ままな
工房生活を
送ることにしました
念願の第二の人生、
思う存分ものづくりライフ！

ファクト子爵家

魔導具の修理を行う家門。
王国随一の実力を持つ。

ファクト子爵

ルシアの父。
二年前に魔導具研究の旅に
出たまま行方不明になっている。

バンク

坑道で出会った
勇敢なカーバンクル。

ニィ

ファクト子爵家に住む
屋敷妖精。

ジューレ侯爵家

王宮で代々魔導具の管理を
任されている家門。

レモラ

ジューレ侯爵家子息。
虚勢を張っており、
ルシアを用済みと婚約破棄&
追放した張本人。

ミゼル

なんでも欲しがるルシアの義妹。
ルシアにコンプレックスを
抱いている。

1. 婚約破棄された魔導具師

私は今日、継妹《いもうと》に婚約者を奪われるだろう。

そんな予感を抱きながら、少女はひとり屋敷の工作室で大型の魔導具を横倒しにしていた。

そして、楕円《だえん》型のロケットペンダントを魔導具にかざしながら、なにか話しかけた。ペンダントは魔導具に問いかけるかのように、ほんのりと輝く。

すると、魔導具の一部がペンダントに返事をするように瞬いた。

「そう、ここが痛いのね？」

少女は優しく語りかけると魔導具を撫《な》でた。

彼女の名前は、ルシア・デ・ファクト。

カラスの濡《ぬ》れ羽《ば》色《いろ》の髪は、腰まで真っ直ぐに落ちている。緑の瞳は萌《も》える若葉を閉じ込めたようにやわらかい眼差《まなざ》しだ。

驚くような美女ではないが、整った顔つきである。体は薄く背が高い少女だった。

彼女は、ヒベルヌス王国のファクト子爵家の長女であり、十六歳だ。幼い頃は、魔導具師の神童が現れたと噂になるほどだったが、現在の評価は高くない。

ファクト子爵家は、王宮で代々魔導具省長官を務めているジューレ侯爵家のもとに仕えてきた。

　ジューレ侯爵家はヒベルヌス王国の魔導具省長官を代々歴任しており、魔導具に関しては絶大な権力を持っているのだ。

　彼女が修理しているのは、そんなジューレ侯爵の依頼で作ったダイエット用の魔導具ウォーキングマシーンだ。最初の三日ほど使ったとは聞いていたが、そのあと埃《ほこり》をかぶっていた。

　ちなみに、ジューレ侯爵は彼女の未来の舅《しゅうと》である。ルシアはジューレ侯爵の息子レモラと政略的な婚約をしているのだ。

「それにしても、今までまったく使っていなかったのに、突然直せと言うなんて。修理自体は楽しいからいいんだけど、このあと、卒業記念パーティーなのよね。これを理由にパーティーを欠席したらダメかしら？」

　ルシアは思わずぼやく。魔導具オタクのルシアにしてみれば、卒業記念パーティーよりも魔導具を修理しているほうが楽しいのだ。

《若い身空《みそら》の娘がなにを干からびたことを……》

　魔導具にかざしていた楕円のペンダントが、呆《あき》れたように呟《つぶや》いた。ペンダントに宿る火の精霊ウルカヌスである。

　精霊の宿るペンダントは、母の形見だ。銀製のペンダントの蓋には、濃紺の丸石がはめ込まれている。古代秘宝《アーティファクト》と伝承されていたが、長いあいだ壊れたまま放置されてきた過去の遺物だった。

それを、目覚めさせたのがルシアだった。古代の秘密を知るために、幼かったルシアが分解し組み立て直したことをきっかけに、ウルカヌスは永い眠りから目を覚ましたのだ。

とはいっても、その全貌は未だが明らかではなく、完全には直せていない。

そのため、本来の姿はまだ取り戻せていないのだ。その声も、常人には届かない。ルシアと、人ならざるものだけが会話できる。

「ウルちゃんはそう言うけど、面倒でしかないわ」

ルシアは唇を尖《とが》らす。

《うまいものを食って、よい音楽で踊り、男と遊べ》

「精霊のくせに生ぐさなこと言うのね。私はまだ婚約しています」

《あんなクソ男、別れればいい。好きでもないくせに》

「たぶん、今日のパーティーで婚約破棄されるわよ。継妹とふたりでコソコソなにかたくらんでいるみたいだったもの。こうやって、私を足止めしてるのがなによりの証拠だわ」

ルシアは今、父の再婚相手の継母《ままはは》ローサと、彼女の連れ子である継妹ミゼルと暮らしている。

しかも、ミゼルはルシアのものをなんでも欲しがる癖がある。ミゼルが『お継姉様《ねえ》だけズルい』と駄々をこねれば、『姉なんだから我慢しなさい』とローサが答え、ふたりですべてを奪っていってしまうのだ。

（きっと、婚約の件も同じだわ）

ルシアは達観していた。もう、慣れっこだったからだ。

《わかっていて行くのか？》

「断れないからしかたがないわ。見世物になるのは嫌なんだけど、別れられるならそれでいいかなって」

ルシアは肩をすくめた。

《なんたる……》

ウルカヌスはため息をついた。

《だったらなおさら、あの馬鹿よりいい男と遊ぶべきだ。どうせ婚約破棄なんだからな》

ウルカヌスは憤慨したように言う。

「ウルちゃんたら、あんまり悪いことそそのかさないで」

ルシアは笑いとばした。

そのとき、ルシアの足元に小さな男の子が現れた。

身長は四〇センチメートルくらいで、風貌は五歳くらいに見える。しかし、ルシアより年上だ。いたずら心を隠し持った瞳は、アーモンドのようだ。瞳と同じ茶色の短い髪は、あちこちに跳ねている。茶色いキャスケットを被り、サロペットの裾をクルクルと折って履いている。

彼は、屋敷妖精《ブラウニー》のニィだ。ルシアがまだ舌足らずの頃、ブラウニーと呼べなくてニィと呼んでいたのが定着したのだ。

「ルシア、魔晶石《ましょうせき》、持ってきた！」

ちなみに魔晶石とは、魔力の結晶でできた鉱石で、魔導具の動力となるものだ。魔晶石の魔力が枯渇すると、魔導具は動かなくなる。定期的に入れ替える必要があるのだが、高価な物だった。

ジューレ侯爵家は、王国最大の魔晶石の鉱山を所有しているため、魔導具に関して絶大な影響力を持っているのだ。

「ありがとう。ニィ！」

「ルシアのためだったら、オイラいつでも手伝うよ！」

ニィは、元気いっぱいに答えた。

ひたむきなニィの様子にルシアは癒やされる。

「ルシアのお母さんがいた頃のほうがよかったな。そのうえ、子爵もいなくなって、どんどん屋敷の雰囲気が悪くなっちゃった……」

ニィが零《こぼ》し、ルシアは苦笑いした。

「しかたがないわよ。病気だったんだもの。それに、お父様は社交に興味がないから、お継母様がいらっしゃって助かっているんじゃない？」

「えー？　あの人、社交にしか興味がないじゃん！　家のことは全部ルシアに押しつけて、魔導具のことなんか、これっぽっちも興味がない。それに、オイラにクッキーの一枚もくれたことないんだよ！　なんであんなヤツを夫人にしたのかオイラにはわかんない！」

ニィはプンスコ怒っている。

「まぁ、お父様は魔導具以外のことには無関心だから、深く考えずにジューレ侯爵家に押しきられたのでしょうね」

ルシアの母は、彼女が十歳の頃に亡くなってしまった。

ジューレ侯爵は、男親ひとりでは娘を育てられないだろうとファクト子爵にローサを紹介した。

ローサはジューレ侯爵家の遠縁で、子連れで実家へ出戻ってきたところだった。そこで、ちょうどやもめとなっていたルシアの父に体よく押しつけたのだ。

継妹にあたるミゼルは、ルシアと同じ年だ。同じく王立学園に通っている。

しばらくは仲よく暮らしていたが、二年前、ファクト子爵が行方不明になってから状況は一転してしまった。

初めは優しかったローサだったが、ファクト子爵がいなくなってからはルシアをあからさまに邪魔者扱いしだしたのだ。

執事をはじめとするルシアと仲のよかった使用人たちは、当主が行方不明になったとたん解雇され、彼女はどんどん孤立していった。

魔導具を扱う家門だというのに、今、一家でまともに仕事ができるのはルシアひとりだけだ。しかし、ルシアの業績は個人の名ではなく、ファクト子爵家として出されていた。今までの慣例でもあるのだが、書類はすべて、ファクト子爵の代理人として、ローサのサインが入っているのだ。

ローサは魔導具に興味がなく、実務を見に来ることもない。出された書類を確認せず、サインをして返すだけだ。

魔導具修理を担当する使用人たちも、あえてルシアの実力を伝えることはしなかった。ローサの前でルシアを褒めると、自分の職が奪われるからだ。逆にルシアを下げると、評価が上がった。

そのため、ジューレ侯爵はルシアの力を低く見積もっているのだ。

「この家で私の味方をしてくれるのはニィだけね」

そうルシアは呟いた。

《そんなことはない！　儂《わし》もルシアの味方だ‼》

ウルカヌスが抗議する。

「そうね、ウルちゃんもいたわね。ウルちゃんを欲しいってミゼルに言われなくてよかったわ」

ルシアは笑う。

ルシアが作った魔導具は根こそぎ奪っていくふたりだったが、母の形見のペンダントは怖がって欲しがらない。

ウルカヌスがペンダントの中から威嚇しているからなのだが、ルシアは気がついていなかった。

そこで、部屋のドアが開いた。

ニィはサッと物陰に隠れる。

ローサは気味悪そうにルシアを見た。精霊の声はルシア以外の人間には聞こえないのだ。

「まったく、気味の悪い子だわ。魔導具に話しかけたりなんかして……。ブツブツ言ってサボってないで、丁寧にじっくり直しなさいよ。ブスで可愛《かわい》げがなく松脂《まつやに》くさいアンタにはそれしか能がないんだから。へましたら承知しないからね！」

ローサに罵られ、ルシアはパッと顔を明るくした。

「お継母様、時間がかかりそうなので、今日の卒業記念パーティーは欠席してもよろしいでしょうか」

ローサはルシアを睨《にら》みつける。

「これだから、馬鹿な子は嫌なのよ。そんなこと許されるわけがないでしょう？　遅れてでも絶対行くのよ！　家門に泥を塗るつもりなの⁉」

ローサはそう罵ると、乱暴にドアを閉めた。

ルシアは肩をすくめた。

「やっぱり無理よね。……さて、この配線を直して。歯車に油を差す。放置されて魔力が放出しちゃった魔晶石を入れ替えて……」

ルシアは小さくため息をつくと、ウォーキングマシーンを綺麗《きれい》に磨いた。

そして、額をコツリとつけ、話しかける。

「ほったらかされて、淋《さみ》しかったわよね。道具だって雑に扱われたら悲しいもの。さぁ、新しい魔力を入れたわ。もう少し頑張って働いてね」

ルシアが囁《ささや》くと、ウォーキングマシーンはほんのりと輝いた。

誰も気がついていないが、ルシアが手がけた魔導具には火の精霊ウルカヌスの加護がかかっている。

火の精霊は鍛冶の力を持つ。魔導具作りも火の精霊の得意分野だ。そのため、ウルカヌスの加護を受けた魔導具は、愛情を注いで扱えば、それだけ期待に応えてくれる品物になっているのだ。

「ウルちゃん、どうかな?」

《ああ、問題なく直ったな》

ウルカヌスは魔導具の壊れた場所を見つけることができる。そして、正しく機能しているか判別する力もあった。

「よかった。今度は大切に使ってもらえるといいね。長生きしてね」

ルシアは直った魔導具を見て微笑んだ。

「ルシア、早く着替えなよ。道具の片付けはオイラがやっておくから！」

「ありがとう！　あとでクッキーを持ってくるわね！」

ニィに言われて、ルシアは自室へ駆けだした。


自室に戻り、鏡の前に立つ。

連日押しつけられている仕事のせいで、目の下にはクマがはり、肌も荒れている。

爪は作業のせいで傷ついて、体には仕事で使う松脂の匂いもしみついている。

ローサから与えられたドレスは、彼女が若いときに着ていたという時代遅れで悪趣味な物だ。

ルシアは小さくため息をついた。

（贅沢は言えないわ。お継母様とミゼルが浪費をするから、うちは貧乏になってしまったし。ミゼルだってお継母様のお下がりを着ると言っていたもの）

「さぁ、準備をしましょう！　さっさと婚約破棄されてこなくっちゃね」

ルシアは無理やり明るい声を出し、気分を盛り上げる。

濃いメイクをして疲れきった顔を隠した。魔導具作業のために短く切った爪につけ爪を施し、指先の汚れと傷を隠す。

そして、ヒールのないぺたんこの靴を履いた。ヒールの高い靴は、婚約者のレモラ・デ・

ジューレが嫌がるからだ。

彼はルシアと同じくらいの背の高さのため、彼女より自分の背が低く見えることをことのほか嫌っていた。

(自分の体面を守るために、私に文句をつけるなんて、本当にくだらない)

ルシアとレモラは、幼い頃に決められた政略的な婚約者同士だった。

レモラはルシアの家門ファクト子爵家が忠誠を誓う、ジューレ侯爵家の跡継ぎだ。

(出会ったときはポッチャリとして、可愛らしい泣き虫だったのに)

ふたりが出会った頃、レモラはコロコロと太ったイジメられっ子だった。

のんびりとして、気弱だった彼は、侯爵の厳しい躾《しつけ》に泣いてばかりいた。侯爵は、ルシアがレモラより優れているところを見ると、『子爵の娘にすらできるんだ、侯爵の後継者ができなくて恥ずかしくないのか』とレモラを責めた。

ルシアは理不尽に比較される彼が気の毒で、一人前の人間になれるよう手を貸し、尻拭いをし続けてきたのだ。

ルシアの手助けと、彼女が作った魔導具のおかげで、レモラは凛々しく逞《たくま》しい容姿を手に入れた。

そのうえ、ルシアは不器用なレモラの代わりに、魔導具修理もした。それらの業績を、レモラは自分の名で出し、周囲に恩を売った。実際はルシアの実力なのだが、学園では魔導具修理の才能がレモラにあるかのように思われている。

そうしてレモラは、次期侯爵として期待されるまでになっていた。

（昔はミゼルもレモラ様のことを馬鹿にしていたのに……。ミゼルは私のものはなんでも欲しがるからしかたないわね）

レモラは、身分と見た目、ルシアの才能を自分のもののように語っていることもあって、今では学園の人気者だ。周囲の人々は、レモラに取り入ろうと、彼がなにをしても無批判に追従するようになっていた。

そのせいなのか、彼は最近傲慢になり、ミゼルと一緒になってルシアをないがしろにしているのだ。彼は、ルシアのおかげで今の評価があることをすっかり忘れていた。彼自身が、自分の実力なのだと思い込んでいるのだ。

（今日は今日でレモラ様とミゼルが一緒になって悪巧みをしているみたいだし……。邪魔したりしないから、普通に書面で破棄すればいいのに）

ふたりにとって、婚約破棄も大事だが、同じくらいルシアに恥をかかせることが重要なのだ。

（嫌われたのならしょうがないけれど、そんなに嫌われるようなことをしたかしら？）

心当たりのないルシアは、ため息をつきつつ部屋を出る。

しばらく行くと、玄関先でローサとすれ違った。

「あら、アンタ、まだいたの？　相変わらず松脂くさいわね」

ローサは鼻をつまんで続ける。

「アンタが遅いから、ミゼルはレモラ様と一緒に先に行ったわよ。ふたりが並び立つとまるで物語の王子様とお姫様のようだったわ。あのふたりはお似合いよね？」

嘲るようにローサが言う。

ルシアはニッコリと微笑んだ。

「私もそう思います、お継母様」

嫉妬の欠片《かけら》も見えない姿のルシアに、ローサは舌打ちをした。

「そうそう、うちの馬車は壊れていて使えないのよ。気をつけていってらっしゃい、ルシア」

ローサは笑顔でそう言い放つと、ルシアを玄関先に押し出してドアを閉めた。

「え⁉　この格好で歩いていけって言うの？」

ルシアは思わず呟く。

使用人たちは、そんなルシアを助けようともせず、そそくさと逃げてしまった。

しかし、どうしようもない。卒業記念パーティーを欠席すれば、また罵倒されるだろう。そのうえ、食事を抜かれたり、面倒な仕事を押しつけられたりするに決まっていた。

「おとぎ話だったらこんなとき、魔法使いのおばあさんが現れて助けてくれるんでしょうけれど」

ルシアは小さく笑う。ここヒベルヌス王国では魔法が発達していない。発達していたとしても、魔法使いがルシアを助けに来てくれるとはとうてい思えなかった。

ルシアはうんざりしつつ、とりあえず辻馬車でもつかまえるしかないと、屋敷の門を出た。

するとそこには、豪華な馬車が一台停まっていた。

白い馬に、白い馬車、馬や馬車の飾りはもちろん、御者の制服までも美しい。

「すごい……立派な馬車……。ジューレ侯爵家の馬車よりも美しいわね。一生に一度くらい乗ってみたいわ」

思わず見蕩《みと》れ、ため息をつく。

すると馬車の中から、美しい男性が降りてきた。

金糸のような髪は艶めいて、青い瞳は深海のごとく神秘的だ。背が高くスラリとした美丈夫である。

黒に近い紺色のスーツに、首元のタイにはエメラルドが輝いていた。まるでおとぎ話の王子様のようだ。

周りの空気までが華やかに煌《きら》めくようで、街ゆく人々がため息をつき足を止めた。

「……え？　カイル？　今日はいつもと感じが違うのね？」

ルシアは驚く。

彼の名はカイル・シエケラといった。

隣国シグラ王国の商人の末子で、ヒベルヌス王国へ留学中なのだ。シグラ王国はヒベルヌス王国と違い、貴族は魔法を扱える。水や火、風などといった属性の魔法を使うことができるため、魔導具は発展していない。

カイルはそんなシグラ王国に魔導具を普及させたいと考え、留学をしているのだ。

明るく気さくでひまわりのようなカイルは、物知りで話すと楽しかった。

平民のあいだではそんな人柄が好評で、留学してきてすぐに人気者になった。しかし、ヒベルヌス王国の貴族たちにはそれが気に入らなかったらしい。レモラを中心とした貴族子弟たちは、彼を見くだし馬鹿にしていた。

ある日、カイルの魔導具眼鏡《めがね》をレモラがわざと壊し、ルシアが直したことがあった。それをきっかけに、カイルとルシアは仲よくなったのだ。

彼は、魔導具商人の息子だけあり、ルシアに劣らない魔導具オタクだったため馬が合ったのである。

しかし、いつものカイルは長い前髪で顔を隠し、魔導具眼鏡で瞳の色を茶色に変えていた。

それなのに、今日のカイルはまったく違う。

前髪をきちんとセットし、眼鏡を外し、隠されていた瞳が露《あら》わになっている。

服装は最先端のデザインで、生地も上等な物だ。商人といっても、この国の下手な貴族よりは裕福なのだとわかる。

カイルは、吸い込まれそうな青い瞳でルシアに甘く微笑んだ。

「変かな？　今日で学園は最後だし、卒業記念パーティーだから頑張ってみたんだけど。やりすぎちゃった？」

はにかむようにカイルが言い、ルシアはブンブンと頭を振った。

「そんなことないわ。とっても似合ってる！」

逆にルシアは自分の格好が恥ずかしい。どう見ても時代遅れのデザインで、明らかに使い古されたドレスだ。

「よかったら、僕の馬車で一緒に行こうよ。ルシア」

カイルはそんなルシアに手を差し出した。真っ白な手袋が眩《まぶ》しい。

しかし、ルシアは気が引けた。

「でも、松脂くさいでしょ？」

ルシアが言うと、カイルはワタワタとして自分の腕に鼻を近づけ、クンクンと嗅いだ。

「え？　僕、松脂くさい？　さっきまで魔晶石を磨いてたから……」

「違う！　違う！　私のことよ‼」

ルシアは慌てて否定すると、カイルはホッと息をつき微笑んだ。

「気にならないよ？　それに、僕、松脂の香り、好きなんだ」

その言葉に、ルシアは思わず頬が綻んだ。

「私も好きよ」

ルシアが答えると、カイルはパパッと頬を赤らめた。

「好き？」

「ええ、松脂の香り。カイルが好きでよかった！　嫌いな人も多いから心配だったの」

「……松脂の香りか……」

カイルは脱力したように呟くと、苦笑いしつつルシアを見つめた。そして、おどけたようにウインクする。

「では改めて……。僕の馬車に乗っていただけませんか？　僕のレディー」

キザな台詞《せりふ》をコミカルな調子で言う。なぜかカイルが言うと嫌みではない。カイルの明るい性格がそうさせるのだ。

ルシアの陰った心が、一瞬で軽くなる。

ルシアはフッと小さく笑った。

「お願いしますわ。白馬の王子様」

ルシアも軽く答えて、カイルの手を取った。

ふたりは視線を合わせて、ニッと笑う。まるで、いたずらを思いついた子供のようだ。

そんな子供っぽさとは裏腹に、カイルのエスコートは美しかった。その洗練された所作に、ルシアは感心する。

「……カイルって、とっても動作が上品よね？　シグラ王国では、商人も貴族のような教育を受けるの？」

カイルはギクリとしてルシアを見た。そして、少しぎこちなく笑う。

「あ……うん？　ヒベルヌス王国へ留学するために一生懸命勉強したんだ」

「とっても努力家なのね！」

ルシアは素直に感心する。一朝一夕で身につくものではないからだ。

ルシアに褒められ、カイルは照れくさそうに話題を変えた。

「それよりルシア！　新しい魔導具のアイデアを考えたんだけど……」

ふたりは額を付き合わせ、魔導具談義を始めた。

ルシアにとっても、カイルにとっても、この時間はなによりも楽しいものだった。

しかし、楽しい時間はあっという間に過ぎてしまう。卒業記念パーティーの会場に到着したのだ。

「婚約者のいる君をエスコートしたとなると問題だから……」

カイルは心苦しそうに言うと、ルシアだけ会場の正面に降ろした。

「カイルはどうするの？」

「裏のほうに回って、少し時間をずらして会場に行くよ。また、あとでね！」

カイルは軽くウインクする。

ルシアは申し訳ないと思いつつ、配慮に感謝した。

「ごめんね、カイル。そしてありがとう」

「気にしないで。その代わり、あとで僕とダンスを踊ってよ」

「もちろん！」

「じゃ、またね！」

そう言うと、ルシアは馬車を出ていった。

カイルは馬車の中から、ルシアを見送る。気丈なルシアの後ろ姿がいじらしく、ひとりで送り出さなければならない状況を苦々しく思った。


ルシアの前では軽い調子で笑顔を見せていたカイルだが、内心怒り心頭に発していた。

(僕がルシアの婚約者なら、こんな思いをさせないのに！)

カイルはたまたま見てしまったのだ。

ルシアの婚約者が、彼女の継妹とふたりで卒業記念パーティーへ向かうところを。

ルシアがいつも婚約者から粗雑に扱われているのも知っていた。婚約しているとはいっても、ルシアとレモラのあいだには愛はない。誰が見てもそれは明らかだった。

(でも、しかたがない。ルシアは婚約している。不名誉な噂で彼女を傷つけるわけにはいかない)

カイルはギュッと胸元のロケットペンダントを握りしめ、切なくため息をついた。銀色に輝く楕円形のロケットペンダントは、母の形見だ。蓋には、ルシアの瞳を思わせる緑色の石が輝いている。


カイルにとってルシアは特別な存在だった。

カイルがヒベルヌス王国に留学したばかりの頃、変装用の瞳の色を変える魔導具眼鏡をレモラに壊されてしまったのだ。それを直してくれたのがルシアである。

しかも彼女は、貴族たちのあいだで地味な平民として馬鹿にされていたカイルを差別することなく、同等に笑いかけてくれた。

平民の留学生と仲よくすることで、ルシア自身も白い目で見られることも気にせずに。

カイルはそんなルシアの優しく勇気ある姿に心を打たれた。

偏見で相手を決めつけず、寄り添い助けてくれたルシアを好きになってしまったのだ。

しかし、ルシアには婚約者がいた。親の決めた政略結婚、そのうえ、婚約者はルシアをぞんざいに扱う。

それでもルシアは相手を婚約者として立て、家のためにと健気《けなげ》に尽くしてきたのをカイルは知っていた。

だからこそ、簡単に恋心を伝えることはできずにいたのだ。

（でも、今回のことはあまりに酷《ひど》い……）

カイルは憤り、余計なことかと思いつつも、馬車でルシアを待っていたのだ。

子爵家の馬車で出てくると思っていたのに、なぜかルシアはドレス姿で門の外までやってきた。

しかも、ひとりである。

カイルはいてもたってもいられずに、ルシアに声をかけたのだった。

「……なにごとも起こらなければいいけれど」

カイルの心はザワついた。

一緒に会場に入ればよかったと、後悔する。

「でもダメだ。そんなことをしたら、ルシアは浮気者のレッテルを貼られてしまう」

カイルはなすすべもなくルシアを見守るしかなかった。


ルシアは卒業記念パーティー会場である学園の講堂のドアを開けた。重厚なドアから、シャンデリアのまばゆい光とともに、室内楽団の音楽が溢《あふ》れてくる。

学園の生徒と教師たちが集まっている。百人ほどいるだろうか。高い天井に、白い大理石の床、生花がふんだんに飾りつけられ、豪華絢爛《ごうかけんらん》である。

本日主役の卒業生は華やかなドレス姿、在校生は制服姿だった。学生たちは、卒業記念パーティーを心待ちにしていた。

皆この日のためにあつらえた、自慢の衣装を身につけて、晴れやかな顔で談笑している。

ルシアは自分のドレスを見て、隠れるように自嘲した。

（壁の花になるとは思っていたけれど、これじゃ壁のシミだわ）

時代遅れのドレスを着ているのは彼女だけだ。惨めな気持ちを追い出すように、深呼吸に隠してため息をつき、講堂へ入る。

こっそりと紛れ込もうとしたのだが、目ざとく継妹のミゼルがルシアを見つける。

彼女は口の端をつり上げると、得意げに鼻を鳴らした。そして、レモラへと耳打ちする。ルシアの到来を告げたのだろう。

ミゼルは周囲に見せつけるように、ルシアの婚約者レモラの腕に絡みついた。そして、赤みを帯びた茶色の瞳をハート型に輝かせ、レモラを見上げた。ストロベリーブロンドの髪をツインインテールに結っているのは、彼女のお気に入りの髪型だからだ。

レモラは彼女面をするミゼルをとがめるどころか、やに下がった顔で喜んでいる。

しかも、ふたりはそろいのピンクの衣装である。ピンクはミゼルの勝負色だった。

（ああ、ふたりでコソコソしてたのはこれだったのね。どうしても私を見世物にしたかったたってわけ）

ルシアは内心おかしかった。もう、笑っていないとやっていられない馬鹿らしさだ。

「まぁ！　お継姉様！　どうしてこんなに遅れたんですか？」

レモラとともにルシアに近づいてきたミゼルが大きな声で白々しく言う。

「卒業記念パーティーに遅刻してくるとはどういうつもりだ？　ルシア。俺に恥をかかせるつもりか？」

蔑むようにルシアを見たのは、彼女の婚約者レモラ・デ・ジューレである。

レモラは、灰色のワンレングスの髪をバサリとかき上げ、ヤレヤレと口に出す。グレーの瞳で呆れたようにルシアを見た。

レモラは豪華すぎて悪趣味なピンクの衣装に身を包み、ルシアの血のつながらない妹ミゼルの腰を抱いている。

婚約者の継妹を、まるで恋人のように侍らせているが、初めてのことではない。

（コメディアンのようなペアルックね。まるで『コント「婚約破棄！」』って言いだしそう）

ルシアは頬の内側を噛み、必死で表情を引き締めふたりを見つめた。気を緩めたら笑ってしまいそうだ。

肩を震わせこらえるルシアを見て、傷ついていると勘違いしたのだろう。ミゼルは勝ち誇ったように微笑んだ。

「お継姉様があまりにもレモラ様をお待たせするので、ミゼルが代わりにお慰めしておりました」

「ああ、ミゼルはルシアと違って気遣いができる。とても心優しい……まるで薔薇の妖精のようだ。そんなミゼルが俺は好ましいよ」

「ま、まぁ！　レモラ様！」

レモラはとろけんばかりの視線でミゼルを見て、ギュッとさらに抱き寄せた。

「あん、レモラ様ぁ、皆様が見て……。いけないわぁ‼」

ミゼルは声を張りあげた。

室内楽団がなにごとかと音楽を止める。

「気にするな、ミゼル」

音楽が止まった講堂内にレモラの声が響き、驚いた周囲の人々が振り返る。

好奇の視線が集まってくる。

「でもぉ、ミゼルはレモラ様の婚約者の継妹で……どんなにお慕いしていても、許されないのです……」

ミゼルはウルウルとした目をレモラに向ける。

「大丈夫さ、そんな悲しい日々も今日で終わりにするよ。ミゼル……」

「だって、そんな、それでは、お継姉様が可哀想《かわいそう》ですわ……」

「君はあんな女にも優しいのだな。そんなところも好きだよ」

レモラはミゼルのツインテールの先をつまむと、音を立てて口づけた。

（なにこの茶番）

ルシアは呆れてふたりを眺めた。

レモラはチラリとルシアを見て、憎々しげに吐き捨てる。

「それに比べてルシアは婚約者を平気で待たせる冷たくずうずうしい女だ」

ルシアはため息を噛み殺す。

「ジューレ侯爵様から緊急の修理依頼を受けておりました。遅くなり申し訳ございません」

ルシアは一応説明する。

（ジューレ侯爵家は王宮で魔導具の管理を任されている家門。私のファクト子爵家はジューレ侯爵家の命を受け、魔導具の修理をおこなう家門。父が行方不明の今、実務は私がひとりで引き受けているのに、断ることなどできないわ）

ファクト子爵家は魔導具の修理に関しては王国随一の家門だ。ほかにも魔導具を扱う家門はあれど、ファクト子爵家に遠く及ばない。

しかし、ジューレ侯爵家は、ファクト子爵家の技術を実際より過小評価していた。そのためルシアの天才的な技術すら、ファクトの名さえあれば、――つまりファクト家秘蔵の修理魔導具と技術書さえあれば、それ相応の修理は女子供でもできると思っている。ミゼルでも代わりがきくと勘違いしているのだ。

そもそも、卒業記念パーティーの直前に修理の依頼をごり押ししてくる侯爵も侯爵だが、自分の父の依頼なのにそれを理由に婚約者を責める息子も息子である。

（私を見世物にするためにこんな計画を立てるなんて、ほとほと愛想が尽きたわね……）

ルシアは思いつつ、素直に謝る。

公の場で、侯爵子息を貶《おと》めるわけにはいかない。

「俺の父が悪いというのか⁉　言い訳ばかりで見苦しい！　仕事で遅れてきたというくせに、なんだ、そのケバケバしい爪！　そんな爪で仕事ができるわけない！　誰かにやらせた証拠だ！」

わかっていないのだ。

レモラはルシアのつけ爪を罵った。彼は、魔導具の修理作業でどれほど爪が汚れるかなど、わかっていないのだ。

レモラの尻拭いをしたり、侯爵家の依頼をこなしたりしつつ、学業を修めてきた彼女は、いつも疲れていた。

だから、やつれた表情を濃いメイクでごまかし、汚れた爪をつけ爪で隠した。これも、すべて侯爵家に恥をかかせないように配慮しただけだ。

（婚約者をやつれるまでこき使えば、周囲からの目が痛いとは思わないのかしら？）

ルシアはただただ呆れて言葉もなかった。

「そんな言い訳、嘘ばかりの女は侯爵家に相応《ふさわ》しくない。図体《ずうたい》ばかりでなく態度もでかい可愛げがない女め！　ファクト子爵家の娘ならお前でなくてもいいのだからな！　今日の場をもって婚約破棄とする！　そして、ミゼルを婚約者とする‼」

レモラは得意満面《とくいまんめん》に宣言した。

「レモラ様ぁ。少し気が早いですぅ」

ミゼルはレモラにしなだれかかる。

ルシアは意気揚々と答えた。

「ありがとうございます！　その言葉を待っていました！」

ルシアの言葉に周囲は驚き、耳を疑った。婚約破棄を待ち望む娘がいるとは思わなかったからだ。信じられないというヒソヒソ声が聞こえてくる。

対して、ルシアは内心ガッツポーズだ。

（だらしのないレモラ様の尻拭いはもうごめん！　これで晴れて自由の身だわ！）

ルシアはつけ爪をバキバキと剥がし、美しく礼をした。

「今まで大変お世話になりました。どうぞふたりでお幸せに」

ルシアが上機嫌で微笑むと、レモラは怯《ひる》んだ。泣いてすがることを期待していたのだ。

「……！　ハン！　どうせ強がりだろっ！　最後まで可愛くない女だ‼」

レモラの声が響く。

「では、僕が婚約者に立候補してても問題ないですね？」

凜々《りり》しくも甘い声が響き、人々が振り返る。

すると眉目秀麗《びもくしゅうれい》な男子生徒が、颯爽《さっそう》と入場してきた。ノーブルなスーツは品があり、育ちのよさが隠しきれない。

女子生徒たちが黄色い悲鳴をあげ、教師たちも感嘆のため息を漏らした。

一瞬で春風が吹き込んできたような華やぎを感じる。キラキラと空気まで清められるほどの美しさだ。彼が一歩踏み出すほどに、その場の空気が変わっていく。

レモラは思わず圧倒され、一歩あとずさった。言葉を失い、彼の問いに答えることもできない。

「あの方はどなた？」

「あんな美しい男性いたかしら？」

「やだ、素敵……」

女子生徒は恋慕を抱き、男子生徒は自然と敬意を持ってしまうほどだ。

そんな彼がルシアの前に跪《ひざまず》き手を取った。

「ルシア嬢、僕と婚約してはいただけませんか？」

続けられた言葉に、レモラは思わず目をむいた。

まるで物語の中の王子がするようなプロポーズに、女子生徒は羨《うらや》ましそうに歓声をあげた。

ミゼルは物欲しそうな顔で、男子生徒とルシアを交互に見た。

「え？　カイル？」

ルシアは驚いた。

「カイル……カイルですって⁉　あの暗くて地味な眼鏡の留学生、カイル・シエケラ⁉　あんな美しい青い瞳だったの？　やだ、かっこいいじゃない！」

驚きの声をあげたのはミゼルである。

レモラは非難するようにミゼルを睨んだ。

ミゼルは慌てて取り繕う。

「もちろん、レモラ様ほどではありませんが！」

「そうだろうとも！」

レモラはそのひとことで満足したように頷《うなず》いた。そこで我を取り戻したのか、咳払《せきばら》いをして周囲を見回した。

カイルは彼らを冷たい目で見て、鼻先で笑った。

「あまり目立つのは好きではないので、いつもは眼鏡をかけていましたが、今日はあなたのために、本来の姿でやってきました」

カイルはルシアを見て甘く微笑んだ。

ルシアは突然の申し出に混乱する。いつもとは違う口調にも緊張してしまう。

「っえ？　あなたもグルなの？」

「いいえ。今はまだ信じられないかもしれませんが、僕はずっとあなたのことをお慕いしていました。でも、婚約者のいる方でしたので、想いに蓋をしておりました。しかし、今、婚約破棄されたと聞き、次の婚約者として名乗りをあげてもよいかと思ったのです」

カイルは切なげに訴える。

その真っ直ぐな瞳からは嘘だとは思えない。丁寧な言葉遣いから、誠実さも感じられる。

しかし、婚約者と継妹に裏切られたばかりのルシアは、まだ今はカイルの愛を受け止める余裕がなかった。

言葉を失うルシアの手を、カイルは自分の額に押しつけた。

「どうぞ、僕を選んでください。道具にも等しく愛を注ぐあなたに僕の心は奪われました」

女子生徒たちの歓声があがり、ルシアはハッとした。

「キャー！　素敵！」

「私もこんな方にプロポーズされてみたい！」

相手が地味な平民のカイルだとわかっても、女子生徒たちの熱狂は冷めなかった。

先ほどの婚約破棄を打ち消すような祝福のムードに、レモラは気分が悪い。

「なんだ！　この浮気者‼　俺という婚約者がいながらほかの男に媚《こび》を売っていたのか‼」

レモラが怒鳴る。その顔は嫉妬で赤く染まっていた。

カイルは立ち上がり、背中にルシアを隠して守る。

「失礼ですね。ルシアは僕に媚を売ったりしていません。僕が勝手に彼女を好きになっただけです」

ルシアはカイルの大きな背中に守られて、バクバクと鳴る心臓を押さえている。

「ルシア！　こんな平民に騙されるな！　こっちへ来い‼　お前はまだ俺のものだ。勝手にほかの男のものになるなど許さないぞ！」

ミゼルは驚きレモラを見た。

「レモラ様⁉　なにを言ってるの？　私が婚約者でしょ⁇　お継姉様のことなんかどうでもいいでしょう‼」

パーティー会場は大騒ぎだ。

ルシアはなにがなんだかわからない。

（いったい、なにが起こってるの？　カイルが私を好き？　本気で？　嘘じゃなくて？）

いつも真面目で誠実なカイルが、こんな場面で嘘をつくとは思えない。しかし、カイルが自分のことが好きだというのもルシアには信じられない。そんなそぶりは見たことがなかったからだ。

（カイルのことだもの、なにか理由があるのよね？）

そう考えて、ルシアはハッと気がついた。

（そうだ！　きっと私を不憫《ふびん》に思って助け船を出してくれてるんだわ！　だったら、私も話を合わせないと！）

ルシアはそう理解し、礼を言う。

「カイル、ありがとうございます」

「もちろん、すぐに答えをくれとは言わないよ。でも、僕を候補のひとりとして考えてほしいんだ」

カイルはいつもの口調で優しく微笑んだ。

（やっぱりそうね！　答えをここで求めないのがその証拠よ。逃げ場をつくってくれるなんて、カイルって頼りになる！）

ルシアはそう思い、穏やかに微笑み返す。

「わかりました。ゆっくり考えさせてください」

そう答えつつ、カイルに「この答えで大丈夫よね？」と目配せする。

カイルは不思議そうな顔をした。ルシアのアイコンタクトの意味がわからなかったのだ。

キャーと歓声があがり、カイルはあたりを見回した。

「とりあえず、今日はパーティーどころじゃなくなったね、送っていくよ」

カイルはそう言うと、ルシアをさりげなくエスコートする。

ルシアはホッとひと息つき、素直に身を委ねた。

「ルシアとダンスができなかったのは残念だけど」

カイルは不貞腐《ふてくさ》れるように、唇をちょっと突き出す。

それが駄々っ子のようだ。ルシアはこんな少年っぽいカイルが可愛いと思う。

「ダンスならいつでもどうぞ」

「絶対、約束だよ」

ふたりは微笑み合いながら、歩きだす。

「待て、ルシア！　逃げる気か‼」

後ろではレモラが叫んでいる。

「レモラ様！　お継姉様なんかほうっておきましょう？　もう婚約者じゃないのだからぁ」

ミゼルが甘えた声でレモラにしなだれかかる。

ルシアは振り返らずに、会場をあとにした。


カイルが自身の馬車でルシアを屋敷に送り届けると、使用人たちは目をむいた。

ジューレ侯爵家のものよりも豪華な馬車が横付けにされ、誰が来たかと思えば、降りてきたのがルシアだったのだ。

使用人のひとりが慌ててローサを呼びに行く。子爵家の使用人たちは、すべてローサの言いなりでルシアを思いやる者はいない。

ローサは信じられないような顔をして様子を見に来た。そして、ルシアをエスコートする貴公子を見てローサはわなないた。

趣味のいい服装に、上品な身のこなし。どう見ても、レモラより格上の男性に思えたのだ。

「ルシア！　これはどういうこと？　あなたはレモラ様の婚約者でしょう！　このような方に

ご迷惑をおかけするなんて、身の程知らずにもほどがある！」

荒ぶるローサを見てカイルは取りなすように笑いかけた。

「迷惑などではありません。僕から申し出たのですから」

カイルが丁寧な言葉で答えるのは、相手がルシアの親だからだ。

カイルの言葉にルシアが説明を加える。

「それに、私はもうレモラ様の婚約者ではありません。ミゼルが婚約者になりました」

ルシアの言葉にローサはハッとし、満足げにニヤリと顔を綻ばせた。

「ああそう。継妹に婚約者を奪われるなんて、なんて惨めな子。でも、これも自業自得ね」

ローサの言葉に、カイルは驚き顔をしかめた。

（これが家族に向かって言う言葉？　このひとことで、ルシアがこの家でどんな目に遭ってきたかわかってしまう）

ルシアは意に介さないとでもいうように穏やかな表情を崩さない。慣れっこだったたからだ。

それがかえってカイルには切ない。

「ということで、僕がルシア嬢に婚約を申し出ました」

カイルが恐ろしいほど美しい顔で微笑み、ローサは怯んだ。

「な！　なんですって⁉　あなた様のような立派な方が、こんなルシアなんかに⁉」

慌てるローサを見てルシアは肩をすくめた。

（お継母様は年中社交に出かけているのに貴族年鑑も覚えてないのね。カイルがこの国の貴族だと勘違いしてるみたい。きっと、カイルが隣国の商人だとわかったら手のひらを返すに違いないわ）

「と……ところで、あなた様は……ど、どなたでしょう？」

ローサはカイルに尋ねる。

「僕は、カイル・シエケラと申します。家門はシグラ王国で商人をやっております」

カイルの自己紹介を聞き、ローサはホッとしたように力を抜いた。次にプッと噴き出す。

「あら、商人なの……。そうよね、ルシアですものね。びっくりしちゃったわ」

ローサは呟くと、睨むような目をカイルに向けた。

「平民のくせに子爵の娘に婚約を申し込むなんて！　シグラ王国の野蛮人は猛々《たけだけ》しいわね？」

ローサは嘲り笑った。

「話にならないわ！　帰ってちょうだい‼　さあ、この無礼な平民をつまみ出して‼」

ローサが怒鳴ると、カイルは呆れたようにため息をついた。

「では、日を改めてまいります。ルシア嬢」

「こちらこそ、継母《はは》が無礼でごめんなさい」

ルシアはカイルに謝った。

ローサは汚らわしいものでも見るように、カイルに向かってシッシと手を振った。

「気にしないで。僕も準備不足だと思ってるから」

カイルはルシアに微笑みかけると、馬車に乗り屋敷を出ていった。

ローサはルシアを乱暴に引っ張る。

「ああ、本当に忌々《いまいま》しい子！　こんな騒ぎを起こして恥ずかしくないの⁉　平民になんて色目を使って、いやらしい。だから、レモラ様に捨てられるのよ！」

そう喚《わめ》きながら、ルシアを使用人に押しつけた。

「この子を部屋に連れていきなさい！」

使用人は迷惑そうな顔をして、ルシアに向かって舌打ちをすると、彼女を部屋まで乱暴に引っ立てていく。

「このドアに釘を打ってしまいなさい‼　どこぞの平民と子供でもこさえられたらみっともないわ‼」

ローサは、使用人たちに命じる。

「お継母様！　それは、いくらなんでも！」

ルシアが声をあげると、ローサは満足したように目を輝かし、彼女を突き飛ばした。

「いつも、いつも、平気そうな顔してお高くとまっているけれど、もうレモラ様の婚約者じゃない！　アンタを大事にする理由はなくなったのよっ‼」

ローサは吐き捨てた。

「大事って……」

ルシアは床に突き飛ばされ、呆気にとられる。

父がいた頃は優しかったローサ。ルシアも父もローサに感謝し信頼していた。

しかし、父が行方不明になってから彼女は手のひらを返し、ルシアをイジメた。

ルシアは家族との食事には呼ばれなくなり、ひとり粗末な食事を部屋でとるようになった。

ローサは、掃除や洗濯など使用人のやるような仕事も、ルシアに押しつけた。

邪魔者扱いされ、ルシア宛ての贈り物はもちろん、彼女が作った魔導具も搾取されてきたのだ。

「今まであれで大事にしてたっていうなら、これからはもっと酷い目に遭うのかしらね」

ルシアは大きくため息をついた。

ガンガンとドアを封じる音が響いてくる。

「まぁ、魔導具の仕事は私しかできないから殺すことはないでしょうけれど。当分のあいだは監禁かしら」

ルシアは呟くと、クローゼットの中に隠し持っていた魔導具の箱を開けた。

この魔導具は保冷機能がついており、食べ物が保管されているのだ。

たびたび食事を抜かれるため、ルシアがこっそり用意していたものだ。

ルシアはその中に保管していたレモン水を一気にあおる。

すると、ペンダントがほんのりと光った。

《ルシア、大丈夫か？　儂が古代の力を取り戻せれば、お主を連れてここから逃げ出せるのに》

悔しそうに火の精霊ウルカヌスが呟く。

ルシアは笑った。

「ウルちゃんと話ができるだけでも奇跡なのよ？　私はウルちゃんがいてくれるだけで心強いわ」

ルシアはそう囁いてペンダントを撫でた。


一方、ローサはイライラしていた。

ミゼルから卒業記念パーティーの顛末《てんまつ》を聞いたのだ。

「それでぇ、カイルっていうちょっとかっこいい子がお継姉様にプロポーズして、せっかく私がプロポーズされたのに霞《かす》んじゃったのぉ！」

ミゼルが母に訴える。

「もう、お継姉様ったら、どうしていっつもミゼルに意地悪するの？」

「ミゼルが可愛らしいから嫉妬してるのよ」

ローサは薄く笑い、ヤレヤレと言わんばかりに肩をすくめた。

ミゼルはまんざらでもない様子だ。

「でも、あのカイルって子。ちょっと素敵だったわ。……レモラ様より高価そうな靴を履いていたもの……」

ミゼルがカイルを思い出しうっとりと目を細める。

「でも、しょせん平民でしょ？」

ローサが鼻で笑う。

「そうだけどぉ、平民だけどぉ、お継姉様にはもったいないと思うの。だってぇ、留学できるくらいお金持ちってことだしぃ。それにお洋服のセンスもよかったわ」

ミゼルが言い、ローサも頷く。

「言われれば、ジューレ侯爵家よりも豪華な馬車でやってきたわ。たしかに、ルシアにはもったいないわね。それに、ルシアがすぐに別の男と婚約したとなったら、ジューレ侯爵家はどう思うかしら？」

ローサは自分たちが不利にならないよう、瞬時にあれこれ計算する。

カイルは、ジューレ侯爵家よりも裕福そうだった。

そんなところにルシアが嫁ぎ、ミゼルより豪華な結婚式を挙げでもしたら、ジューレ侯爵家は恥をかかされたと思うかもしれない。

「本当にお継姉様ってだらしないんだからぁ。私、血がつながっていないとはいえ、恥ずかしいわぁ」

ミゼルが言う。

「本当に恥知らずで困るわね。面倒ごとばかり起こしてくれて……。子爵も生死不明、侯爵家の婚約者でもない。もうルシアには価値はないわ。どうせあの子がやっていた程度のことは誰にでもできるでしょう。ファクト家に代々伝わる技術書は書庫にすべてそろっているし、ファクト子爵の使っていた立派な修理専用の魔導具もある。使用人にでもやらせればいいわ」

ローサは呟く。

「どっか行っちゃえばいいのに。目に入るだけでイライラするんだもん。レモラ様だって、ミゼルと婚約したくせに、お継姉様の婚約を許さないとか言いだして……ミゼル、安心できないわ」

ミゼルが唇を尖らせて愚痴る。

「実は、すでにジューレ侯爵様と相談して、ルシアを王都から追放することになっているのよ」

ローサが言うと、ミゼルはパァァと笑顔になる。

「本当？　お母様」

「ええ、ジューレ侯爵家の領地へ療養に行かせてもらうわ。東の山奥にある村よ」

「東の山奥って、あの、なーんにもない荒れ地？」

「ええ、あの荒れ地よ」

ふたりはニンマリと笑い合った。

ルシアの婚約破棄、そして追放は、卒業記念パーティーが始まる前からすべて仕組まれていたことだった。

そもそもローサがファクト子爵への後妻として送り込まれたのは、ジューレ侯爵の思惑だった。ジューレ侯爵は、ファクト子爵家を乗っ取ろうと考えていたのだ。

彼らは、ファクト子爵家の技術力は、道具や技術書のおかげだと思っていた。同じ物さえ手に入れれば同じことができると信じていた。

初めはルシアをレモラの嫁として迎え、ファクト子爵家の継承権を奪い、ミゼルを子爵家の跡継ぎにさせてから、ジューレ侯爵家の遠縁の子息を送り込めば、ファクト子爵家の持つ技術や特許の数々がすべてジューレ侯爵家のものになるという計画だ。

しかし、ミゼルが次期ジューレ侯爵夫人となることが決まった以上、ルシアは邪魔者だ。ルシアさえいなければ、ミゼルはファクト子爵の跡継ぎとなり、レモラとミゼルの子供は、両家を相続できるのだから。

ルシアの技術は彼女の努力と才能があってこそなのだが、ジューレ侯爵家の人々は露ほども気づいていなかった。

こうして二日後、ルシアはジューレ侯爵領の田舎へ送られることになった。

2. 療養という名の追放

二日後、ルシアは荷馬車に乗せられ、ジューレ侯爵家の領地へ向かっていた。ジューレ侯爵領の中で最も東の山奥。隣国シグラ王国に隣接する場所だ。

荷物は魔導具用の工具と着替え、お気に入りの魔導具などが入ったボストンバッグだけである。このバッグも実は魔導具で、見た目よりも多くの品物が入っているが、とても軽い。

行き先は、閉山になりそうな鉱山だ。ジューレ侯爵家の領地に行くとだけ聞かされ、ここまでやってきた。

療養とは名ばかりの追放である。

しかし、ルシアは喜んでいた。

(やっと、あの家から解放される!!)

そう思えば追放も希望に満ちた旅路となる。

「魔導具の管理はちょっと気になるけど……。ま、いっか!」

ルシアは思いつつ、追放生活を堪能しようと心に決めた。

王都を離れるほどに、道はだんだん細くなり荒れてくる。馬車も乗り継ぐたびに、どんどん粗末になっていく。馬車の旅も五日目になると、小さな村が見えてきた。ジューレ侯爵家の領地にある掘り出した魔晶石を加工する村だ。

この村は、ヒベルヌス王国最大の魔晶石の産地なのだ。もともとは鉄鉱山だったのだが、魔晶石が発見され、今では魔晶石の鉱山となっている。しかし、魔晶石の鉱脈は貴重なため、ここで魔晶石が採掘できることは国家機密だった。

この鉱山を持つがゆえに、ジューレ侯爵家の権勢は安定しているのだ。とはいえ、最近では魔晶石の産出も下り坂らしい。

村には、作業用の掘っ立て小屋が建っていた。

作業する人々のあいだにドワーフが交じって働いている。

魔晶石は原石のままだと不純物が多いので、不純物を取り除き、松脂を使って正八面体に磨き上げるのだ。

魔晶石の取り扱い方は、ドワーフが一番詳しいのだが、彼らが人間に力を貸すことは少ない。

「すごい！　ドワーフはなかなか人に協力しないって聞いてるのに、ジューレ侯爵家ではうまく交渉したのね！」

ルシアは目を見張った。

しかし、ウルカヌスは鼻で笑う。

《それはどうかな？》

ウルカヌスの言葉を怪訝《けげん》に思い、村の様子をよく見てみる。

村の人々は、疲れ果ててやつれ覇気がなかった。衣類も住居も粗末だ。もう、盛りを過ぎた鉱山だからか、持っている魔晶石の原石も小さい。掘削の作業中に怪我《けが》をしたのだろう、体の一部を失った人たちが道ばたに転がり物乞いをしている。

村を歩く野良犬も痩せ、あばら骨が浮き出ていた。

全体的に重い空気が立ちこめて、皆暗い顔をしている。夢も希望もない、そんな感じだ。

「どういうこと？　ジューレ侯爵家はこの村のおかげで財を得ているというのに、どうして領民がこんな暮らしをしているの？」

ルシアは憤る。

《さあ？》

ウルカヌスは興味がなさそうに答えた。

「この村で暮らすなら、少しは生活が楽になるお手伝いができたらいいんだけど。魔導具で足の代わりになるものとか作れないかな？」

ルシアは呟いた。

《相変わらず物好きだな》

ウルカヌスは笑った。

しかし、ルシアたちの乗った馬車は、なぜか村では止まらず、そのまま鉱山へと向かっていく。

「え？　ここじゃないの？　どこまで行くつもりかしら？」

ルシアは小首をかしげた。

馬車は古い横穴がたくさん開けられた山道に差しかかった。坑道への入り口、坑口《こうぐち》である。

魔晶石の採掘で出た岩石廃棄物が、隣国側近くに乱雑に積み上げられ、ボダ山となっていた。

この岩石廃棄物にはわずかながら魔力が混ざっており、刺激を受けると自然発火などすることがある。しかし、いかにも管理は杜撰《ずさん》で、ルシアは眉をひそめた。

「……すごい荒れている……。もう掘り尽くしたって感じね。捨て石をあんなにしておいて、ボダ山が崩れたらどうするつもりかしら？」

ルシアは馬車から景色を見て思う。

木々もなく穴ぼこだらけになった山が、夕焼けを反射してあかね色に染まっている。

まるで、日に焼けすぎた肌のようで、痛々しい。

「このままでは、ジューレ侯爵家の資源も枯渇するのが目に見えているわね」

ジューレ侯爵は、宮廷の魔導具省長官だ。その地位は、侯爵家の領地で膨大な魔晶石が産出されるため得られたものだ。

魔導具の製造管理に関しては、ジューレ侯爵家を介してファクト子爵家が一手に引き受けてきていた。そのため、ジューレ侯爵家は魔導具の実務には疎い。鉱山で得た経済力と、社交力で魔導具省長官を務めているのだ。

逆に、歴代ファクト子爵家の当主は、魔導具マニアの変人で社交にはいっさい興味がなかった。

ジューレ侯爵家のもとに仕えていれば、そのいっさいにわずらわされることなくすむため、深く考えることなく従ってきた。魔導具に対する技術はないが事務能力と社交に長けたジューレ侯爵家と、魔導具以外には興味のないファクト子爵家は持ちつ持たれつの関係だったのだ。

ルシアの父も同じで、ジューレ侯爵家に言われるがまま、ローサとミゼルを引き取ったのだった。

(この魔晶石がなくなったら、ジューレ侯爵家はどうなるのかしら?)

ルシアが暗澹《あんたん》たる気持ちで、未来に思いをはせていると、馬車が突然止まった。

「どうしたの?」

「荷車の調子が悪く……村に戻り助けを呼んでまいります。しばらく荷車の中でお待ちくださ い。すみません……すみません……」

御者は申し訳なさそうに謝ると、荷車から馬を外すとそれに乗って、逃げるように行ってしまった。

ルシアは荷車から降りて、故障があるか確認してみる。案の定、荷車は壊れていなかった。

ローサから裏金を渡された御者が、ルシアを山の中に置き去りにしたのだ。

「捨てられたのかしら?」

《そのようだな》

ルシアが言えば、ウルカヌスが答える。

貴族の令嬢が山の中にひとり置き去りされるということは、死を意味する。

しかし、ルシアにとっては意味が違った。彼女はグーンと大きく伸びをして、深呼吸した。

「やったー‼　これで自由よー‼」

右手の拳を突き上げる。

《……まったく、脳天気だな》

「そうかしら？」

ウルカヌスが呆れ声で言うと、ルシアは当然だといわんばかりに答えた。

「だって、ウルちゃんと一緒だもん！　なんにも心配いらないわ」

《お主のそういうところが……、なんというか、……嫌いではない》

ふたりで笑い合う。

すると、ボストンバッグのファスナーがなぜか自然にジジと開いた。

「オイラもついてきちゃった」

テヘと、はにかみながら現れたのはニィである。

「ニィ‼　なんで⁉　屋敷を出てこられるの？」

ルシアは驚き、ニィを抱き上げる。

ニィは屋敷に居着く屋敷妖精だ。基本、屋敷から離れることはない。守る屋敷に主人がいなくなった場合、新しい主人が入ればその主人に仕える。しかし、屋敷に誰も住まなくなると、朽ちる建物とともに消えてなくなる運命だ。

本来、彼らが屋敷から自由になるためには、主人が使っている衣類をもらう必要があるのだ。

「エヘヘ、大好きなルシアがいない屋敷なんて、オイラの屋敷じゃないもん！　だから、神様にすっごくすっごくお願いしたんだ。そしたらね、出られちゃった！」

ニコニコ顔のニィを見て、ルシアは喜びで瞳が潤む。思わずギュッと抱きしめた。

ニィもルシアを抱き返す。

「じゃあ、今夜は三人でパーティーね。まずは、野宿ができるところを探しましょうか」

「オイラにまかせて！」

ニィはそう言うと、空に向かって声をかける。

「だれかー！　オイラたちが泊まるのにちょうどいいところ教えてちょうだーい！」

すると、ニィの呼びかけに応じるように、一匹のトカゲが足元に現れた。

そして、先導するようにスルスルと走っていく。

「案内してくれるって！　ついていこう！」

ニィが笑って、ルシアは頷いた。

ルシアはボストンバッグを持って、トカゲのあとを小走りで追う。

着いたところは、廃坑道のひとつだった。粗削りの岩肌がむき出しになった半月状のトンネルだ。天井は低く、横幅もそれほど広くはない。大人が四人並べばいっぱいだ。

使われなくなってからずいぶんと経つのだろう。入り口には草が生い茂り、足を踏み入れてみると、壁にはところどころ苔《こけ》が生えている場所もある。

中はヒンヤリとしていて薄暗い。ルシアは魔導具ランプに明かりを灯《とも》した。魔晶石に光をためて使う物だ。

そうして、ゆっくりと奥へと入っていった。

坑道から一メートルあまり入った壁には、ロウソクを置くための小さな横穴が掘られていた。ルシアはそこへ、ランプを置いた。あまり奥に入るつもりはない。坑道には危険が多いからだ。ひと晩の雨風が防げればいいと思っていた。

ボストンバッグから敷物を出して地面に広げ、そこに荷物を置くと、小さな保冷箱から食べ物とレモン水を出す。

干し肉の欠片をトカゲにやり、礼を言うとトカゲはスルスルと岩陰に消えていった。

グラスをふたつ出し、レモン水を入れる。

ニィにひとつ手渡し、カチンと打ち鳴らす。

「自由に乾杯‼」

「かんぱーい‼」

《乾杯！》

三人で唱和し、ルシアとニィはゴクゴクとレモン水を飲んだ。

プッハー！　ルシアは大きく息を吐いた。

「生き返るっ！」

「いきかえる！」

ニィも真似《まね》をする。

「さーて、ごはんを食べて腹ごしらえをしたら、これからどこへ行くか計画を練りましょう。もう、どこにだって自由に行けるわ。楽しみね」

ルシアは笑った。

一見すると悲観的な状況なのだが、ルシアは希望に溢れていた。

とりあえず、簡単な食事をとり、地図を広げる。

ルシアが捨てられたジューレ侯爵家の領地は、ちょうどカイルの出身国シグラ王国に隣接していた。

「どうせなら、シグラ王国に行ってみるのもいいかもしれないわね」

《そうだな。シグラ王国は魔導具がそれほど発達していないとカイルも言っていたし、お主の技術をもってすれば仕事には困らないだろう》

ウルカヌスが太鼓判を押す。

「オイラ、よその国、初めて！」

「私もよ」

ニィが瞳をキラキラと輝かせた。

「どうやって行くの？」

ニィが尋ねる。

ルシアは地図を指し示した。

「ここが、シグラ王国への関所よ。隣国行きの馬車に乗せてもらって関所を越えるの」

「ワクワクするね！」

「なにがあってもいいように、身分証明書と、秘密の蓄えを持ち出してきて正解だったわ！」

今までは、ローサたちの目があり自由に使えなかったが、ルシアには個人の蓄えがあった。

平民たちが使う魔導具を修理したり、自作の魔導具を貸し出したりして得たお金である。

初めは家計に入れようとして、ローサに説明したのだが、平民相手に仕事をしていることを酷く叱られ、禁止されてしまったのだ。

それでもルシアは、お使いで外出した際や、学園での休み時間などを使い、ローサたちに隠れ仕事をしていた。困っている人々をほうっておけなかったのだ。

屋敷にいたときは、魔導具修理などで忙しく使う機会がなかったお金だが、自由になった今なら好きなように使える。

「でも、子爵家で死亡届を出される前に関所を越えないと、身分証明書が使えなくなるかもしれないわね。明日は早起きして、隣国行きの馬車を探しましょう！」

「おー‼」

ニィは元気いっぱい拳を振り上げた。

ルシアはボストンバッグから、ブランケットを取り出しニィと身を寄せ合って眠りについた。

◆
◆
◆

《ルシア！　おい、ルシア！　目を覚ませ‼》
「……どうしたの……ウルちゃん……。もう少し寝かせて……」
毎日毎晩、こき使われてきたルシアは、久々にグッスリと眠っていた。
突然起こされても瞼《まぶた》がくっつき、目が覚めない。
《しっかりしろ、目を覚ませ‼　儂ら、なにかに囲まれておる‼》
ウルカヌスの言葉に、ルシアはバッと目を開けた。
闇の中に赤い宝石のようなものがチラチラと見える。獣の目が光っているのだ。
ルシアは手元のランプを獣に向けて姿をたしかめようとする。
ザワッと獣が毛を逆立てた。

白いリスのような獣が、三十匹ほどルシアたちの周りに集まっていた。額には赤い宝石が輝いている。体の大きさは二十センチメートルほどだが、尻尾はさらに大きい。太く長い尻尾は警戒しているのかピンと立っていた。

「カーバンクル⁉」

ルシアが叫んだと同時に、カーバンクルたちが襲いかかってきた。

カーバンクルは宝石を守る聖獣である。警戒心の強い彼らは、いつもなら人目につかないところに潜んでいるはずだった。

「え⁉　なんで？　嫌ぁぁ‼」

ルシアはとりあえずブランケットを振り回し、カーバンクルたちと距離を取ろうとした。

しかし、カーバンクルたちは興奮した様子で次々に襲いかかってくる。

「もしかして、縄張りに勝手に入っちゃったの？　ごめんなさい！　すぐに出ていくから、怒らないで‼」

ルシアはカーバンクルを追い払いながら、めいっぱい手を伸ばし、ボストンバッグを手にしようとする。

だが次の瞬間、バッグはカーバンクルに取られてしまった。

「ごめんなさい！　許して！　それだけは返して！」

ルシアは慌てて取り返そうとする。

かといって、カーバンクルを傷つけるのは本意ではなかった。

カーバンクルは坑道に隠れ住み、理由なく人を襲ったりしない。懐いた相手のためであれば、宝石の採取を手伝ってくれることもある聖獣なのだ。そのため、鉱山に関わる人間は、カーバンクルを丁重に扱い、気に入られようと努力する。

（もともとはおとなしい聖獣なのに、なんでこんなに凶暴化してるの？）

ルシアは思う。

バッグを取り返し、ここから出ようと思っても、廃坑道の出口にはすでにほかのカーバンクルがいて、逃すまいと通せんぼうをしているのだ。

「なんでルシアを襲うんだ！　やめろ！　オイラが相手だ！」

ニィはそう叫び、カーバンクルに立ち向かう。

しかし、カーバンクルはニィを避けて、ルシアに襲いかかる。

カーバンクルが怒りを向けるのは人間だけのようである。

荒れ果てた廃坑道を見て、ルシアは眉根を寄せて困惑した。

（カーバンクルが住んでいて、なんでこんなに荒れてるの？）

カーバンクルは鉱脈付近を縄張りにし、宝物や宝石を守護する聖獣だ。もし人間が異常に多くの採掘を強行しようとしてもカーバンクルが許さないはずだ。

《どうやら、人間に恨みがあるようだ。カーバンクルは、人を殺せと言っている》

ウルカヌスが通訳する。

彼は精霊だけあって、人ならざるもの、たとえば聖獣や妖精、モンスターの言葉もわかるのだ。

「もしかして、私が魔晶石を奪ったって思ってる？　私じゃないわ！　私、今日初めてここに来たんだもの！」

キュルキュルとカーバンクルが鳴き喚く。

《『うるさい』だそうだ》

「ねぇ！　お願い、話を聞いて！」

ルシアの叫びもむなしく、カーバンクルが一斉に飛びかかってきた。

ルシアは頭を抱え、目を瞑《つぶ》り、その場にうずくまる。

そのとき、カーバンクルの悲鳴が廃坑道に響き渡った。

ルシアは恐る恐る目を開けた。

するとそこには、剣を持ったカイルが立っていた。いつもの少年ぽい彼とは違い、真剣な眼差しが凛々しい剣士の顔つきだ。

オーラをまとった剣が月光のように輝き、あたりを照らしている。

ニィは、眩しげにカイルを仰ぎ見る。

《ほう……これは、なかなか……》

ウルカヌスは感心したかのように呟いた。

「カイル……！　それに、あのオーラは……」

ルシアは思わず息を呑《の》む。

（オーラをまとった剣だなんて……カイルはソードマスターなのかしら？）

ヒベルヌス王国では、ソードマスターの修業を受けられるのは、上位貴族の子弟だけだ。しかも習得できる人は限られていて、ヒベルヌス王国にはふたりしかいないはずだ。

平民でソードマスターになることはヒベルヌス王国では考えられない。

（ソードマスターになれる人は魔法が使えるって聞いたことがある。カイルは魔法が使えるの？）

闇の中で、カイルは蝶が舞うように剣を繰り出す。空気を切り裂くような音が響く。

光の残像が、暗闇の中に光のリボンを作り上げる。

「すごい……」

ルシアは見蕩れた。

カイルは、オーラをまとった剣を大きく振り上げた。つむじ風が巻き起こり、カーバンクルたちは坑道の天井に打ちつけられていく。どうやら風の魔法のようだ。

「キュゥ……」

カーバンクルは次々と地面に落ち、気絶していく。

仲間が続々と戦闘不能になるのを見て、カーバンクルたちは逃げ出した。

ルシアはへたり込んだまま、その様子を見守っていた。

シンとあたりが静まり返る。

カイルは汗だくの状態でルシアの前にやってきた。そして、剣を鞘《さや》にしまう。

鞘に収められた剣は、オーラが消え輝きも消えた。

カイルはへたり込んだルシアに駆け寄るとギュッと抱きしめた。

「間に合ってよかった‼」

ルシアは突然のことに茫然自失《ぼうぜんじしつ》だ。

「……えっと……これは……」

「ファクト子爵家に改めて挨拶へ向かったところ、君は療養に行ったって聞いたから。でも、行き先は教えてくれなくて……捜していたら遅くなった。ごめん」

カイルは、さらに強くルシアを抱きしめる。

カイルの体は戦ったせいなのかホカホカと温かい。松脂の香りが立ちのぼり、ルシアは安心した。

（こんなふうに抱きしめられたのは、お父様が旅立った日以来ね。あのときも松脂の香りがしていたっけ……）

ルシアは久々に感じる他人の体温にホッと体の力を抜いた。カイルの言葉はほとんど耳に入ってこなかったが、彼がルシアを追いかけてきてくれたことくらいはわかる。そして、オズオズとカイルのシャツを掴《つか》む。

カイルは一瞬ビクリとして、キュッと腕に力を込めた。

「ルシア……大丈夫だった？」

甘い声で呼びかけられ、ルシアは顔を上げた。

すると間近に、心底心配そうなカイルの顔がある。

（……！　なに、これ‼　心臓に悪いわ‼　お父様に抱かれているのとまったく違う！）

煌煌《きらきら》しいカイルの姿にルシアの心臓はバクンと跳ねた。

「あ、はい、大丈夫です‼」

ルシアはギュッと目を瞑って、慌ててカイルの胸を押し返した。

彼女は婚約者こそいたが、恋愛にはからっきし耐性がない。レモラとは名ばかりの婚約で、恋人らしいことはなにもなかったからだ。

そのうえ、毎日忙しく、ロマンス小説など読んだこともなければ、恋愛話をする友達もいなかった。

「えっと、あの、カイルは⁉　け、け、怪我してない⁉」

腕の中でカチコチになってしまったルシアを見て、カイルは小さく笑い腕を解いた。

「僕は大丈夫。僕よりカーバンクルのほうが痛いかも……」

カイルの言葉にハッとして、ルシアは周りを見回した。

カイルによって倒されたカーバンクルが、そこかしこで気を失っている。

「さて、カーバンクルたちが目覚める前にここを出ないと危ないよ」

カイルはそう言ったが、ルシアは傷ついたカーバンクルを見捨てることはできなかった。

「でも、ここのカーバンクルは様子がおかしいの。なにか理由があるんじゃないかな？　話を聞いてみたいの」

真剣な目でカイルを見上げるルシア。

カイルは、小さくため息をついた。彼女は自分の意志を曲げないと知っている。

（レモラから僕を無視するように言われたときも、ルシアはそれに従わなかった。そんなルシアを好きになったんだから、しかたがない）

カイルは小さく笑った。

「わかった。なにかあったら僕が助ける」

頼もしいカイルの言葉に、ルシアの心はキュンと音を立てた。思わずカイルを見つめてしまう。

カイルは不思議そうに小首をかしげた。

ルシアはなぜだか気まずい気持ちになり、ごまかすようにいそいそとカーバンクルに近寄った。

（やだ、私。なんなの？　顔が熱くなってる。カイルに変に思われちゃう……。ここが暗がりの坑道でよかった）

ルシアは気を取り直すと、カーバンクルの治療を始めた。

ボストンバッグから軟膏《なんこう》を取り出し、打ち身に塗る。そして包帯を巻きつける。

カイルとニィも手伝ってくれた。

カーバンクル全員の治療を終えた頃、ルシアたちは汗だくとなっていた。

ルシアは一番小さなカーバンクルを抱き上げた。

体は一番小さかったが、好戦的で何度も飛びかかってきたために、一番多くの傷を受けていたのだ。

（とても勇敢なカーバンクルよね。話をしてみるならこの子がいいわ）

ルシアはその勇気に感心していた。

「ウルちゃん、この子の目が覚めたら通訳してくれる？」

《無論だ》

ルシアはウルカヌスに頼んだ。

そして、ハッとする。

（あっ！　ウルちゃんに話しかけるとこ、カイルに見られちゃった。カイル、変に思わないかな？）

ルシアは思う。

魔導具に話しかけるルシアのことを、レモラやローサたちは気味悪がっていたからだ。

ルシアはカイルの顔を覗《のぞ》き見ると、彼はニコニコと笑っている。

ルシアに見られていることに気がついたカイルは、不思議そうに小首をかしげた。

「どうしたの？　ルシア」

「……え、と。あの、ペンダントに話しかけるなんて、おかしいと思わなかった？」

「なんで？　僕の眼鏡を直すときも、ルシアは話しかけてたじゃない。『痛かったね』って『頑張ってね』って」

カイルに指摘され、ルシアは顔が真っ赤になった。

いつもの習慣で、無意識でカイルの前でもやっていたらしい。

「僕、すごく感動したんだ。魔導具にも優しいんだって。あれから僕も真似してる」

そう言うと、カイルも自分の首に提げていたペンダントを取り出して、軽くキスをした。

そして、ルシアを見て微笑む。

ルシアはなぜかおなかの底がポカポカしてくるようだ。

いつもの、自然な自分をカイルが認めてくれたことが嬉《うれ》しかったのだ。

「……ありがと」

ルシアは小さく呟く。

「僕こそ、道具に感謝するということを教えてもらってありがたかったんだ」

カイルとルシアは見つめ合った。

(廃坑道に着いたときはヒンヤリと感じたはずだけど、今では火の気がないのになんとなく暖かく感じるのは気のせいかしら?)

熱くなった頬に、カイルの指先が触れた。

カイルの指先も温かい。

「おっほん‼」

わざとらしく咳払いしたのはニィだ。

「オイラもいるんですけど」

ジト目で睨まれ、カイルはバッと手を離した。

ルシアも思わず顔を背ける。

「あ、ごめん」

「ううん」

しどろもどろになるふたりのあいだに、ニィが割って入る。

「ほら、気付け薬だよ」

ニィはルシアに小瓶を手渡した。

ルシアは小瓶の蓋を開け、勇敢なカーバンクルの鼻先に近づける。

すると鼻をヒクヒクとさせ、ユルユルと瞼を上げた。その奥には真っ赤な瞳があった。

勇敢なカーバンクルはルシアを認めると、紅蓮の瞳をさらに燃えたぎらせる。

「キュキ‼」

ルシアに襲いかかろうとして、カーバンクルは呻《うめ》いた。傷が痛んだのだ。

「急に動いたらダメだよ。薬は塗ったけど治ったわけじゃないから」

ルシアが言うと、胸元のウルカヌスが通訳をする。

勇敢なカーバンクルはウルカヌスに気がついて、ブワリと毛を逆立たせた。

そして、オドオドとなにかを話している。

「ウルちゃん、どうしたの？」

ルシアが聞くと、ウルカヌスが得意そうに答えた。

《偉大なる儂に恐れを抱いているようだ。なぜ、ルシアと一緒にいるか聞いてきたから、ルシアが儂を目覚めさせたのだと、これから儂を完全復活させる女神なのだと教えてやった》

「ちょっと、ウルちゃん、話を盛りすぎだよ」

《嘘ではない。早く儂を復活させよ》

「はいはい。努力はしています」

ルシアは笑った。

「キュキュキュ、キュキュキュキュキュキ」

勇敢なカーバンクルとウルカヌスがなにかを話し込んでいる。

しばらくすると、勇敢なカーバンクルはルシアに向かって深々と頭を下げた。

「キュキキュキキュ」

《ルシアに謝罪している。そして治療の礼も言っている》

ウルカヌスが説明する。

「誤解が解けたみたいでよかったわ」

ルシアはホッとした。

《どうやら、この山のカーバンクルの主、ドワーフの姫が鉱山の所有者にある場所に監禁されているらしい。魔道具の檻に入れられ逃げ出すこともできないそうだ。毎月、決まった数の魔晶石を掘り出せば解放してくれると言われているが、その数が多すぎるのだと》

「まさか、ジューレ侯爵様が？　カーバンクルがいるのに、魔晶石が掘り尽くされているのは、そのせいなのね」

ルシアは説明を聞き納得した。

《旅人の魔導具師に解除させようとしたがうまくいかず、人間を恨んでいる。どうやら、新しい魔導具らしい》

「そうなの……。人間を恨んでもしかたがないわね。もしよかったら、お姫様の閉じ込められているところへ連れていってくれないかしら？　もし、ジューレ侯爵家で設置した魔導具なら、なんとかできるかもしれないわ」

ルシアの提案をウルカヌスが勇敢なカーバンクルに伝える。

「キキキ!?　キュ－キキキキュキ‼」

《よろしく頼む、とのことだ》

「ええ、力になれないかもしれないけれど、よろしくね」

ルシアが笑うと、勇敢なカーバンクルは叫んだ。

「ギュキキキキ－‼」

すると気を失っていたカーバンクルたちが目を覚ました。

「キュキキュキュ……」

勇敢なカーバンクルが、目覚めたカーバンクルたちになにか語りかける。

すると、カーバンクルたちは瞳を輝かせ、ルシアを見た。

「え？　なに？」

戸惑うルシアに、全員が頭を下げる。

「もしかして、お礼を言ってるのかしら？　えっと、気にしないで……っていうか、傷つけちゃってごめんなさいっていうか……」

ルシアがまごまごしていると、彼女の足元にカーバンクルたちがワラワラと集まった。

そして、ルシアと魔導具の入ったボストンバッグを神輿《みこし》のように担ぎ上げ移動しはじめる。

「ひえ？　えええ⁇　どういう状況⁇」

《ドワーフの姫のところまで案内してくれるそうだ》

驚いたのはルシアだけではない。

カイルとニィも慌てる。

「ルシア！」

剣を抜きかけたカイルにルシアは説明する。

「ドワーフのお姫様のところへ案内してくれるみたいです！　魔導具で監禁されてるみたいなの。出してあげられないか見てくるわ。心配しないで！」

「待って！　僕も行く‼」

「オイラも‼」

ルシアを担ぎ上げ、シュタタタタと移動するカーバンクルたちを、カイルとニィが追いかける。

と同時に、廃坑道の天井が崩れはじめた。

「キャァァァ‼」

「うわぁ」

ルシアとニィは思わず叫ぶ。

しかし、日夜坑道で働いているカーバンクルたちは、機敏で力強かった。ルシアを担いだまま、崩落より早く先へ先へと進んでいく。

カイルは小さなニィを抱き上げて、カーバンクルたちを必死に追う。

「ありがとう！　カイル」

ニィが礼を言うと、カイルはニコリと微笑んだ。

しばらくして、天井崩落は収まった。

しかし、入り口までの道は閉ざされてしまった。

「……帰り道がわからなくなっちゃった」

カイルに抱かれたままニィが心細げに言う。

「坑道だもの、どこかにつながっているわ！　あとで新しい道を探しましょ！」

ルシアが明るく言うと、ニィは安心したように頷いた。

カーバンクルたちに連れられて、ルシアは廃坑道から、現在使用されている坑道に出た。こちらは壁に魔導具ランプが据えられている。

《このあたりは隣国との境ギリギリだな。向こうの坑道は、天井の形が違うだろう。ヒベルヌス王国は天井をドーム型に掘るが、平らに掘るのがシグラ王国流だ》

ウルカヌスが言う。

ルシアが坑道の先を見ると、たしかに天井が平らになっている部分がある。そちらには魔導具ランプが灯っていない。きっと、廃坑道なのだろう。

しかし、カーバンクルたちは隣国シグラ王国のほうからも魔晶石を運び込んでいた。

「……これって違法採掘じゃない？　きっと、ジューレ侯爵領内では足りなくて、持ってきちゃったのね。カーバンクルは国境なんて知らないし。でも、シグラ王国に知られたら国際問題よ……」

ハァ、とルシアは大きくため息をついた。

シグラ王国出身のカイルも厳しい顔をしている。

「そうか、ここは鉄鉱山だとばかり思っていたけれど、魔晶石がこんなに取れる山だったのか。シグラ王国では魔導具が普及していないから、大規模調査をしたことがなかったんだけど……。だからといって盗掘していいわけではないよね」

「もし本当にジューレ侯爵家の仕業なら申し開きできないわ。なんてことしてくれたのよ……」

頭を抱えつつ、婚約破棄されてよかったとホッとする。あのまま婚約していたら、間違いなく責任問題が降りかかってくるだろう。

そして、その問題をルシアになすりつけるところまで容易に想像ができた。

「キュキキ」

勇敢なカーバンクルに声をかけられ、細い坑道のその先に進んだ。ポツポツと等間隔に魔導具ランプが灯っている。

するとそこにはひとりの男が、険悪な顔をしたドワーフに囲まれて作業をしていた。

髭《ひげ》も髪も伸び放題で、ボロボロにやつれている。黒い髪が耳の上だけ白髪になり、黒縁の丸い眼鏡は曇っていた。

ルシアは、少し気弱で優しげな面立ちに懐かしさが込み上げてくる。

「っ！」

そこにいたのは二年前から行方不明になっていたルシアの父ファクト子爵だったからだ。

「お父様⁉」

ボロボロの男はルシアの声に驚いて振り向いた。ルシアと同じ若草色の瞳が見開かれる。

「ルシア⁉　なんで、こんなところに‼　まさか私のせいで誘拐されたのか⁉」

ファクト子爵は、カーバンクルたちに囲まれた愛娘を見て取り乱した。驚きのあまり、ニィやカイルの姿は目に入らない。

「許してくれ！　娘だけは‼　私がなんとか魔導具を外すから！　だから娘は巻き込まないでくれ‼」

ルシアの父、ファクト子爵はカーバンクルたちに土下座した。

カーバンクルたちとドワーフたちがザワザワとして、ルシアを見る。

「お父様、私自分で案内してもらったんです。だから、大丈夫！　顔を上げて」

ルシアはファクト子爵に駆け寄った。

「お父様こそなんで……。魔導具研究の旅の途中で行方不明になったって聞いていたのに、ジューレ侯爵領でお仕事だったんですか？」

それにしては、荒れた格好である。

「いいや。魔導具の盗難防止対策のアイデアを得るために、各地の古代秘宝《アーティファクト》を探す旅に出ていたのだが、他国への船旅の途中で難破してしまってね。なにもかも失って、なんとか、ここまでたどり着いたんだけど、鉱山の様子がおかしいじゃないか。不思議に思って、中に入ってみたところ、カーバンクルたちに拉致されてしまったんだ。それが半年ほど前のことだ」

ファクト子爵の説明を聞き、ルシアは悲痛な顔になる。

「そんな……半年もずっとここで？」

「ああ。カーバンクルの手伝いをすれば、食事はもらえたし、そんな顔するもんじゃないよ」

ファクト子爵はルシアの頭を撫でた。

ようやくそこで落ち着いたのか、ファクト子爵はカイルの存在に気がついた。ニィを抱いて佇《たたず》むカイルを見て、固い声で尋ねる。

「ニィ！　それに、君は誰だ？」

ファクト子爵は、娘に向けるものとは正反対の眼差しでカイルを見た。

「彼は私を助けに来てくれたの！　怪しい人じゃないわ！」

ルシアが答えると、ニィはカイルの腕の中でコクコクと頷いた。

「カイル、いい子なの！」

カイルはそれを聞き、思わず笑ってしまう。そして、余裕のある面持ちで自己紹介する。

「僕の名は、カイル・シエケラといいます。シグラ王国の商人の息子です。ヒベルヌス王国の王立学園へ留学していました。ルシア嬢の同級生です」

ファクト子爵は、カイルの身なりや身のこなしに、育ちのよさを確信する。凜々しく誠実そうなカイルを見て、安堵《あんど》の吐息をついた。ニィが懐いているのだ。悪い人間ではないことが明らかだった。

「そうか、ありがとう。私から礼を言わせてくれ」

そう頭を下げるファクト子爵に、カイルは慌てる。

「そんな、こちらこそ。学園ではルシアにたくさん助けてもらいましたから、それより……」

カイルはそう言って、視線を坑道の先へ向けた。

その先には、粗末な部屋があった。小さなソファーに小さな机が置かれている。

そこに一メートルほどの身長の女性が立っていた。縮れた赤い髪をひとつにまとめている。

動きやすそうな作業着姿だが威厳があり、一見して、ドワーフの姫だとわかった。

ドワーフの姫は、ルシアを見て一瞬眉をひそめたが、カイルに気づきハッとする。

「カイル！　なぜ、こんなところに」

ルシアは驚きカイルを見る。

「カイル、知り合いなの？」

カイルは慌ててルシアに説明した。

「あ、うん……。僕はこの鉱山に隣接している村に住んでいたことがあってね。そこはドワーフたちの村と交流があって、彼らから鉄製品を買ったりしていたんだ。最近は人間との交流をやめたと聞いていたけれど……。小さい頃、姫に挨拶をしに行ったことがあったんだ。ね？　姫？」

カイルはドワーフの姫に目配せをした。

ドワーフの姫はそれを察し、余計なことは言わないよう配慮する。そもそも、ドワーフは寡黙だ。

「ああ」

「姫、この人……ルシアと一緒に君を助けに来たんだ。彼女は信用できる。状況を教えてくれない？」

カイルが言うと、ドワーフの姫は頷いた。

「鉱山の盗掘について、ジューレ侯爵家の者に抗議しようとしたのだが、ここへ閉じ込められてしまったのだ。見えない障壁のようなものがあり、出られない。その額縁から小さなものなら出し入れできるようになっているから、食事などは仲間が届けてくれるのだ」

姫は床近くに浮いている銀色の額縁を指さした。ちょうどリンゴひとつ分が出し入れできるほどの大きさである。

一見、檻に監禁されている様子ではない。

しかし、カーバンクルが近づこうとすると、一定の箇所で電撃が走り、弾《はじ》き返される。弾かれたカーバンクルはうっすらと火傷《やけど》を負っていた。

「見えない壁があるみたい。それにしても、カーバンクルが火傷するほどなんて……どれだけ強い電撃なの？　人なら死んでしまうわ」

ルシアは身震いする。下手に触ったら危ない。

ファクト子爵が説明する。

「私も出してあげようと頑張っていたんだが……難しくてね。私が見たこともない魔導具なんだよ」

「魔導具オタクのお父様でさえ見たことがない魔導具だなんて……」

ルシアは驚く。

ファクト子爵は、ヒベルヌス王国で魔導具の知識において右に出る者はいなかったからだ。

「うーん……お父様も見たことがない……っていうと……私も難しいかもしれないわね」

ルシアは唸《うな》ると、ウルカヌスにコソコソと囁いた。

「ウルちゃんどう思う？」

《ああ？　ルシアなら問題ないだろう》

ウルカヌスはのんびりと答えた。

「ルシア、ちょっとこれを見てくれ」

ファクト子爵はかがみ込み、額縁を指さした。

銀の額縁にはジューレ侯爵家の紋章が入っている。

「やっぱりジューレ侯爵家の仕業なのね」

「きっとそうだろうね。とんでもないことをしてくれた。だからこそ、私が責任を持って魔導具を解除したいと思っているのだが難しくてね」

ファクト子爵は困り果てた顔で、ため息をつく。

「額縁が魔導具なのかと思ったが、違うようなんだよ」

ルシアもマジマジと額縁を見る。

たしかに額縁自体には特別な仕掛けはなさそうだ。

「でも、これって――」

ルシアはひらめき、額縁の対面にある壁を見た。

すると、見覚えのある魔導具が埋まっている。彼女はそれを見てゾッとした。

「……え、嘘……」

あまりのことに、思わずよろめく。

「どうした？　ルシア」

「お父様……、これ、人は普通に入れるのでは？」

カラカラに渇いた喉で、ファクト子爵に問う。

「え⁉　まさか、カーバンクルが弾かれていたから、私も弾かれると思ってたしかめていないが……」

ルシアはそっと見えない壁に手を伸ばす。カーバンクルが火傷するほどの威力だ。人間だったら焼け死んでもおかしくない。ファクト子爵が試していないのは当然だった。

すると、ルシアの手は壁を通り抜けた。

「っ！　これは、どういうことだ？」

ファクト子爵は驚いた。

ルシアは顔面蒼白《そうはく》になり、震える声でドワーフの姫に謝った。

「ごめんなさい。これ、私が作った魔導具です。バーチャルウォールといって、魔力で仮想の障壁をつくり出すものです」

周囲にどよめきが起こる。

この魔導具は一年半ほど前に、ジューレ侯爵家から内密に依頼されルシアが発明した物だった。そのため、行方不明になっていた父は知らなかったのだ。

バーチャルウォールは、いたずら好きの妖精たちを宝物庫に入れないようにするためのものだ。妖精はただの鍵では開けてしまうので、妖精たちにしか効果がない魔力の膜を張り、入れないようにした魔導具である。

この魔法の膜は銀を反射する。そのため、銀の額縁の中は魔法の膜が張らないのだ。

「人間以外は入れないように作った物なのに、監禁するために使うなんて……」

鉱山を大切にし魔晶石を育てようと考えていたファクト子爵がいなくなり、ジューレ侯爵家は利益重視の不法盗掘へと舵《かじ》を切ったのだろう。

効率よく盗掘するために、ルシアを騙し、彼女の技術を利用したのだ。

カイルは無言でルシアの肩を抱いた。

「まさか、こんなふうに使われるなんて……。私、そんなつもりじゃなくて。ごめんなさい！　すぐに解除します‼」

自分が発明した魔導具が悪用されていることを知り、ルシアは許しがたい所業と自身の責任の重さに震えていた。

みんなが幸せになればいい、そう思って魔導具を作ってきた。それなのに、使い方によっては誰かを苦しめる。

ルシアは透明の壁の内側に飛び込んだ。

そして、壁の中に埋め込まれた魔導具にとりあえず、解除用の初期パスワードを入力してみる。

「まさか、そのままってわけはないと思うけど……。っ嘘！　初期パスワードのままだわ！　取り扱い説明書には、パスワードの再設定は必須だとしっかり書いておいたのに……」

ルシアは頭痛を感じた。無視されたのか、読まれていないのか、初期設定のまま設置されていたことがルシアには信じられず、危機感のなさに呆れる。

「パスワード……？」

「ってなんだい？　ルシア」

カイルとファクト子爵は不思議そうに顔を見合わせた。聞き慣れない言葉だったからだ。

ルシアはふたりに説明する。

「ああ、えぇっと、お父様の旅の目的でもある魔導具の盗難防止対策を、私も探り続けていたんです。それで、物理的な鍵の代わりに、合い言葉で道具の利用ができる仕組みはどうかなって考えたんです。合い言葉を知らなければ魔道具が使えないのなら、盗んでも無駄ですから」

「ああ、だから、通る言葉《パスワード》か」

ふむ、とファクト子爵は納得し、カイルは尊敬の眼差しをルシアに向けた。

「まぁ、今回はジューレ侯爵家の危機管理が杜撰なおかげで助かったけど……」

ルシアは呟きながら、壁に埋め込まれていた魔導具の歯車をひとつ回した。すると、バーチャルウォールは解除され、宙に浮いていた額縁がコトンと地面に転がった。

勇敢なカーバンクルが、同時にバーチャルウォールがあった空間に向かって、果敢にも飛び込んだ。今度は弾かれることはない。

「キー‼」

勇敢なカーバンクルはドワーフの姫に抱きつく。

「心配かけたな」

ドワーフの姫は、優しげな瞳で勇敢なカーバンクルを撫でた。

様子を見守っていたドワーフが歓声をあげ、姫のもとへと駆け寄っていく。カーバンクルたちも跳びはねながらあとに続く。互いに手を取り合い、踊るようにして、ドワーフの姫の解放を喜び合っている。お祭り騒ぎだ。

ルシアはその様子を微笑ましく眺め、カイルたちのもとへと歩いていった。

「さすがルシアだね」

カイルはルシアを眩しそうに眺めた。

「たまたまよ」

ルシアはそれがくすぐったくて照れたように笑う。

「やったよ！　ルシア」

《儂の言ったとおりだ》

ニィが跳びはねながら、ウルカヌスが呟く。

「ルシア……こんなに立派になって……」

ファクト子爵は目頭を押さえた。

「そうだ！　僕、初めて見た魔導具だから写真撮ってもいい？」

カイルが興奮気味に許可を取る。

「もちろんよ」

ルシアの答えを聞くと、カイルは魔導具写真機で様子を撮影しはじめた。

ちなみに、魔導具写真機はとても高価な物で、ヒベルヌス王国でも持っているのは上位貴族の限られた者だけだ。そんな物を持ち歩いているカイルは、相当の魔導具マニアなのだ。

「すごい、ルシアが作ったんだ」

うっとりするように魔導具を見つめるカイルに、ルシアは心が痛む。

「でも、私がこんなものを作ったせいで、ドワーフのお姫様にもカーバンクルたちにも迷惑をかけてしまったわ」

唇を噛み落ち込むルシア。

カイルはそっと彼女の肩を抱いた。

「ルシアが悪いんじゃないよ。悪用したヤツらが悪いんだ。道具に善悪はない。作る人間は、使う人間が善良だと信じて作るしかないんだ。だからこそ、使う人間は使い方をよく考えなくてはいけない。人の害とならないように。人の役に立つように」

カイルにキッパリと言われ、ルシアの心は少しだけ軽くなった。

（カイルの言葉は不思議。私を救ってくれるみたい）

ルシアがそう思っていると、ドワーフの姫はルシアに歩み寄った。

「あなたは命の恩人だ。あなたが謝ることはない。私たちには、これを設置した人間があなたとは違う種族だとわかっている」

ドワーフの姫が言うと、カーバンクルたちも「キキ」と頷く。

そして、ドワーフの姫は深々と頭を下げた。

「ありがとう。ルシア」

続いてカーバンクルとドワーフたちも頭を下げる。

「キキキキキュ」

「ありがとうございます」

ルシアは目尻にたまった涙を、手の甲でキュッと拭いた。

「こちらこそ、許してくれてありがとうございます！」

ルシアは元気よく頭を下げた。

「ところで、これからどうするつもり？」

カイルが尋ねる。

「シグラ王国で暮らしたいと思っているの。そのためには、一度坑道から出て、ジューレ領にあるシグラ王国への関所に行かなくちゃ」

ルシアは考える。

「シグラ王国で暮らしたいだなんて。ルシア、なにがあったんだい？」

ファクト子爵が尋ねる。

「お父様、実は……」

ルシアはファクト子爵に今までのあらましを話した。

レモラから婚約破棄されたこと。そして、療養という名で王都から追放されたこと。挙げ句の果てには、この荒れ地に捨てられたこと。

ファクト子爵の顔がみるみるうちに怒りで赤くなってくる。

「私がいないあいだに、そんなことになっているなんて‼　私が屋敷にいた頃はそんなそぶりを見せたことはなかったから、ローサさんをすっかり信頼してしまった」

ファクト子爵は、ローサやミゼルに他人行儀で〝さん〟をつけて呼ぶ。同じ家に住みながらも、いまだ本当の家族とは思えずに、一線を引いているのだ。

ルシアは曖昧に笑った。

たしかに、ファクト子爵がいるときのローサはルシアに目をかけていてくれたのだ。

豹変《ひょうへん》したのは彼が行方不明になってからだ。

「すまない、ルシア。さっそく、王都に戻って」

「いいえ‼　お父様‼　気にしないでください‼　私はもうヒベルヌスには戻りたくないので‼」

ルシアはファクト子爵の謝罪を遮った。

「もう、ジューレ侯爵家にこき使われるのは嫌なのぉぉぉー‼　いいかげん自由になりたぁぁぁーい‼」

ルシアは思わず本音を叫んでいた。

「…………」

ファクト子爵はその勢いに気圧され言葉を失い、ルシアを見た。

「……あ、いえ、お父様。その……ね？　仕事が嫌いなわけではないの、でもね……」

ルシアはしどろもどろに言うと、覚悟を決めたように大きく息を吸った。

「私は死んだものと思ってください‼」

そしてガバリと頭を下げた。

ファクト子爵は小さくため息をついた。

「そんなに追いつめられていたんだね。ルシア。わかったよ。ヒベルヌスに君を連れては戻らない。だが、身寄りのない状態でシグラ王国で暮らすとなると、今までと同じ暮らしはできない。侍女もメイドもいない。大丈夫かい？」

ファクト子爵が心配そうに尋ねる。

ルシアは自信満々に答える。

「大丈夫です！　今までだって、侍女もいなかったし、メイドも私の世話はしなかったので、自分のことは自分でできます！」

父を安心させようと、〝ひとりでも大丈夫アピール〟をするルシア。

しかし、それがかえって父の怒りを増幅させた。

「私がいた頃は侍女もいたはず……それに、メイドが子爵家の娘の世話をしない？」

ファクト子爵の背中に黒いオーラが立ちのぼる。

ルシアは慌てた。まさか、自分の日常がこんなに父を激怒させるとは思っていなかったのだ。

「お父様、落ち着いて！　落ち着いて！」

ルシアはどうどうと父を宥《なだ》める。

「おかげで自分でなんでもできるようになりましたし！　それに、ほうっておいてくれたから、町で仕事もできましたし、こんなにお金も貯《た》められました!!」

ルシアがそう言って、自分で稼いだお金をファクト子爵に見せた。

ファクト子爵はそれを見て呻いた。

「……ああ!!　なんてことだ……!!　貴族の娘が町で仕事!?　娘がこんな苦労をさせられていただなんて……」

よろめくファクト子爵を、カイルが支える。

どうやら、ルシアの〝ひとりでも大丈夫アピール〟は逆効果だったらしい。

「ファクト子爵、安心してください。この鉱山を持つセファ領は僕の出身地なんです。知人もたくさんいますし、領主様とも旧知の仲です。入国が問題になることはないと保証します。それに、ルシアが望むなら住む場所も仕事も案内できます」

カイルが微笑むと、ファクト子爵は目尻に涙をためた。

「本当かい？　セファ辺境伯は厳しいお方だと聞いているよ」

「ええ、厳しいところもありますが、情には厚く公平です。懐に入った者にはとても優しいのですよ」

カイルの懐かしむような言い方は、本当にセファ辺境伯と信頼関係があるようだった。

それを見て、ファクト子爵は安心する。

「ルシア、どうしてもシグラ王国へ行きたいかい？」

「はい‼」

父に問われてルシアは食い気味に答える。

ウズウズとした様子の娘に、父は小さく笑った。

「ルシアは小さい頃から好奇心旺盛だったからね。たしかに、あの国では生きにくいかもしれない」

そう言うと、ファクト子爵はカイルを見た。

「君を信じても大丈夫かな？」

問われてカイルは真剣な目でファクト子爵を見つめ返した。

「はい。責任を持ってお嬢さんを幸せにします」

カイルの言葉に、ファクト子爵は息を呑み硬直する。

「っ、君、そ、れ……は……」

動揺する父を見て、ルシアは噴き出した。

「カイル、それじゃ、プロポーズみたいよ？　お父様がびっくりしちゃったわ」

コロコロと笑うルシアを見て、カイルは決まりが悪そうに頬を赤らめた。

「たしかに、そう聞こえるかも？」

ファクト子爵はバクバクとする胸を押さえながら、恨めしそうにカイルを見た。

「まだ、まだ、娘は嫁に行かないからね？　わかっているね？」

「わかっています。ルシアが自由に生きたいのなら、僕はそれを応援したいんです」

カイルが真摯な目で答えると、ファクト子爵は大きく深呼吸をした。

「それに、オイラだっているよ！」

ニィがドンと胸を叩く。

「ああ、ニィ。そうだね、ルシアについてきてくれたんだものな。ありがとう」

屋敷を守護するニィがルシアについてきたこと。

それが、どういう意味かファクト子爵は理解した。

《儂だっている》

ルシアの胸元で、ウルカヌスが主張する。

「それに、お母様のペンダントも一緒だし！」

ルシアはウルカヌスのペンダントを見せた。

ファクト子爵はそれを見て、懐かしそうに眉尻を下げた。そして改めてカイルに向き直った。

「ドワーフの姫に信頼され、セファ辺境伯の知人という君を信じよう。ルシアを頼むよ」

ファクト子爵は頭を下げた。

「はい！　わかりました！」

カイルはニコニコと答える。

「お父様はどうするの？」

ルシアは尋ねた。

「私はルシアの新たな門出を見届けてから、ヒベルヌス王国へ帰ろうと思う。まぁ、子爵家の当主として屋敷に戻るのはいろいろと準備を整えてからになると思うが……」

ファクト子爵は、凶悪な顔で微笑んだ。彼は、ただ屋敷に戻るのではなく、ルシアをこんな目に遭わせたローサたちに一矢報いたいと考えているのだ。

「お父様……、悪いことを考えてるわね？」

「そんなことはないよ？」

ファクト子爵は否定をするが、まったく善良な顔には見えなかった。

（お父様って、魔導具以外のことに関してはいいかげんだからなめられがちだけど、実は本気で怒ると結構怖いのよね……。お継母様、大丈夫かしら？）

ルシアは思ったが、かといって助け船を出す気にはなれなかった。

「じゃ、ここから出ましょうか。ヒベルヌス王国側へ最短で行ける道順を教えてください」

ルシアが尋ねると、ドワーフの姫は不安そうな顔をしながら坑道の先を指さした。

「ジューレ領側の出口につながる近道はあれだ……しかし……」

ドワーフの姫は言葉を濁す。

「しかし……？」

「ヒベルヌス王国側へ出たら、ジューレ領の警備隊にルシアが捕まるんじゃない？」

カイルが言う。

「え？　私が捕まる？」

「せっかく閉じ込めたドワーフの姫を逃がしたんだもの」

「……たしかに」

「それに、こんなことできるのはルシアだけだから」

カイルはチラリと魔導具を見た。

この魔導具を作ったのはルシアなのだ。しかも、ジューレ侯爵の依頼によって。

「あぁぁ……」

ルシアは頭を抱える。

「私は自由になりたいだけなのに……」

「だったらこのまま坑道を使ってシグラ王国へ行かない？」

カイルが提案する。

「でも、不法入国で捕まらないかしら？」

「それは心配しないで。僕は鉱山に隣接しているシグラ王国の領地で少し顔がきくんだ」

カイルがウインクすると、ドワーフの姫が小さく呟く。

「……少しか？」

カイルはゴホンと咳払いした。

「それに、ドワーフの姫もいるから大丈夫だよ！」

「それは、そうだな。私の命の恩人だ。安全にシグラ王国へ逃がしてやろう」

カイルが言い、ドワーフの姫も頷いた。

「そして、ルシア。あなたに礼としてこの魔晶石の核をやろう」

ドワーフの姫が差し出したのは、色とりどりの魔晶石が集まってできた結晶だった。ちょうど、ルシアの片手の手のひらに乗るほどの大きさだ。

「これは魔晶石クラスターといい、魔晶石の核となるものだ。この欠片を地面に埋めておくと、自然の魔力を集め魔晶石が成長して大きくなる。少し時間はかかるが、手元に置いておけば魔晶石を増やすことができる。ただ悪心を持つ者が触れると涸《か》れるから気をつけるように」

ドワーフとカーバンクルたちが驚きの声をあげる。

カイルもファクト子爵も驚き目を見張る。

「ジューレ侯爵家を栄えさせるのは癪《しゃく》だから存在を隠していたが、ルシアにならいいだろう」

ルシアは恐れおののいた。

「そんな貴重な物いただけません！」

思いっきり手を振り辞退する。

「私の命がこんな物より価値がないと思うのか。断るということは、私を低く見るということだぞ」

「……そこまでおっしゃるなら……ありがたくいただきます」

ドワーフの姫に詰め寄られ、ルシアは渋々と受け取った。

そして、試しに魔晶石クラスターを自分の工具で割ってみる。

澄んだかん高い音が坑道に響き渡り、光をはなちながらパキリと欠けた。紫色の石がひと粒取れる。

幻想的で美しい光景だ。

ルシアはその欠けた魔晶石の核を、荒れ果てた坑道の壁に埋め込んだ。

パァァと魔晶石が輝いて、坑道の壁に吸い込まれていく。

「なにをする」

「この鉱山の魔晶石が枯渇しそうなので、核を埋めて増やそうと思うんです」

「それでは、私があなたにやった意味がない！」

ドワーフの姫は憤慨した。

「もう、私がもらった物です。どう使おうと自由ですよね？」

ルシアはペロリと舌を出す。

「あなたは！」

ドワーフの姫が反論しようとすると、ルシアは遮った。

「それに、魔晶石が必要になったらここへ取りに来ればいいいだけだもの。……またみんなに会いに来たらダメですか？」

ルシアはふざけた様子から一転し、伺いを立てる。

ドワーフの姫はほだされまいと、ルシアを睨んだ。

「……っ、あなたは、もう……」

「ねぇ！　見て‼　壁が変だよ‼」

ニィが、魔晶石の核の欠片を埋め込んだ壁を指さした。

壁がキラキラと輝いて、紫色の魔晶石が花のように開く。

「えええ⁇　魔晶石ってこんなに早く成長するんですか？」

ルシアは驚いた。

ドワーフの姫も息を呑む。

「そんな馬鹿な……」

《儂が少し手助けしてやったのだ。魔晶石は、火の精霊ウルカヌスの領域だからな》

フフンと鼻を鳴らしながら、ウルカヌスが答える。

ウルカヌスの加護のおかげで、魔晶石の成長が早まったのだ。

「ウルカヌス様のお声が……!? ウルカヌス様、どこにいらっしゃるのですか!?」

人間には聞こえないウルカヌスの声にドワーフの姫が反応した。

人間にはぞんざいな口調で話していた彼女だが、突然丁寧語となりキョロキョロとあたりを見回す。

ドワーフたちのような石工や鍛冶に携わる妖精からすると、火の精霊ウルカヌスは神と同義だ。

カイルやファクト子爵は不思議そうに耳を澄ますが、なにも聞こえない。

「あっ、ウルカヌス様ならここにいます」

ルシアは首に下げていたペンダントを手でつまみ上げてみせた。

ファクト子爵は驚き目を見張る。

「それは、妻の形見の古代秘宝《アーティファクト》……。ウルカヌス様が宿っているとはルシアから聞いていたけれど、声も聞こえるのかい？」

ルシアははにかむように頷いた。

「ルシアは精霊と会話ができるんだね。すごいなぁ……」

カイルは憧れと羨望の目をルシアに向けた。

「あ、えっと、なんでか、たまたま……」

ルシアは、ふたりから高揚した眼差しを向けられ、恐縮してしまう。

《たまたまではないだろう。儂を目覚めさせた自分を誇れ！　ルシア》

ウルカヌスはそうルシアを叱責すると、ドワーフたちに告げる。

《儂は訳あってルシアとともにある。実体を得るほど力はないが、じきにルシアが儂を復活させてくれるだろう》

ウルカヌスが答え、ドワーフの姫は拝むように両手を組み合わせて、ルシアをキラキラとした瞳で見た。

「ウルカヌス様を復活に導く女神……ルシア様」

ドワーフたちはルシアを丸く囲み、平伏しながら唱和する。

「女神ルシア様～、ルシア様～、我らが女神ルシア様の降臨じゃ～」

まるで怪しい儀式のようだ。

カーバンクルはそれに合わせて踊っている。

「ひぇぇぇっ！　なにこれ、怖いっ！　ちょ！　拝むのをやめてください！　そんなんじゃないですから‼」

「しかし、女神ルシア様」

「女神とか、様とか、敬語とかやめてください‼　お願いしますー……私、静かに生きたいんです……」

ルシアはメソメソする。

「ウルちゃんのばかぁー。ウルちゃんのせいで変なことになっちゃったじゃない」

ルシアがペンダントに向かって、ウルカヌスを責めると、ドワーフたちは色めき立つ。

「ウルカヌス様に馬鹿とは‼」

「しかも、ウルちゃん呼ばわり⁉」

「なんて無礼な‼」

しかし、とうのウルカヌスは豪快にカラカラと笑った。

《儂を馬鹿呼ばわりするのはお主くらいなものだぞ。ルシア。だが、それがよい。……さて、ドワーフどもよ、ルシアを困らせるな。ほかの人間と同じように接してやれ》

ウルカヌスが言うと、ドワーフの姫は諦めたように肩をすくめた。

「わかった、ルシア。あなたにはかなわないな。望みどおり普通に接する」

「うん！　お願いします！」

ルシアが笑えば、ドワーフたちが豪快に笑う。

カーバンクルたちも高い声で笑いながらピョンピョンと跳ねた。

「では、カーバンクルたちはルシアたちをシグラ王国へ案内せよ。そして、ドワーフたちは違法にジューレ領に運び込んだ魔晶石をすべて回収し、シグラ王国側へ運べ。そののち、ジューレ領の坑道入り口をすべて封鎖せよ」

ドワーフの姫が命じると、ドワーフたちはツルハシやスコップを持って各坑道へ散っていく。

「……ああ、ジューレ侯爵領は大変なことになりそうだ」

「自業自得では？」

ファクト子爵は肩をすくめると、カイルがニヤリと含み笑いをする。

ルシアはグリグリとこめかみを揉《も》んだ。

「私はもう知らないわよ！」

カイルとファクト子爵はそんなルシアを見て笑った。

ドワーフの姫も目を細める。

「キキキキュキ！」

勇敢なカーバンクルが声を張りあげた。

《行くぞ！　と言っている》

ウルカヌスが通訳する。

「では！　行きましょう！」

「おー‼」

ルシアが言えば、ニィが元気よく拳を突き上げた。

「私も一緒に行くよ。ルシアの新しい家くらいは知っておきたいからね」

ファクト子爵が言うと、カイルも頷いた。

ルシアたちは、カーバンクルたちについて曲がりくねった坑道を魔導具ランプの明かりを頼りに歩いていった。シグラ王国側の坑道は廃止されていて、暗いのだ。

ところどころに、魔晶石の核を埋めながら先へ進む。

ルシアは坑道を振り返った。

魔晶石の核を埋め込んだところでは、魔晶石が花開き、光をはなっている。ルシアたちの後ろには、ほのぼのとした光の筋ができ、とても神々しい。

その神秘的な光景は、人ならざるものたちからの応援のようにも感じられ、今まで歩いてきた人生は間違っていないのだと思える。

ルシアはニッコリと微笑むと、顔を上げ、暗がりの中を再び歩みはじめた。

3．風光る新天地へ

暗い坑道を突き進んでいくと、その先に明るい光が見えてきた。

「あ、そろそろ出口ね！」

最後の魔晶石の核を壁に埋め込むと、ルシアは光に向かって駆けだしていく。ニィもそれについていく。

案内をしていた勇敢なカーバンクルも追いかけてきて、スルリとルシアの肩に乗った。聖獣だからか、見た目よりもずっと軽い。

フワフワの大きな尻尾が、ルシアの顔をくすぐる。カーバンクルから、ほんのりと松脂の香りが漂ってきて、ルシアの心を和らげる。

暗くつらかった今までの生活を経て、新天地での明るい生活を暗示しているかのようだ。

出口の先に広がっていたのは、のどかな村だった。

明るく澄んだ空気に、花の香りが混じっている。光り輝く春風がルシアの頬を優しく撫でた。

小鳥が愛を歌い合い、羊が草を食む。

「ここは、シグラ王国セファ領プラオット村だよ。もともとは鉄の採掘で栄えた領地だけど、今は鉄の産出が減って寂れてしまったんだ。王都とは違い少し不便だけど穏やかでいい村だよ」

あとからやってきたカイルが説明した。

「私もそう思う！」

ルシアはこの村がひと目で気に入った。

重苦しかったジューレ侯爵領の村とは明らかに空気が違う。

「それじゃ、まずは住むところを探しに行こうか！　空き家を案内してくれる店があるんだ」

「そのことで少し困っているんだけど……家を借りるのに、今の身分を明かさなきゃダメかしら？」

ルシアは真面目な顔で、ファクト子爵とカイルを見た。

「どうしてそんなことを聞くのかな？　ルシア」

ファクト子爵は優しく問う。

ルシアは、小さく息を吸ってから決心したように告げた。

「お父様。ごめんなさい。私、できることならファクトの名を名乗るのをやめたいの。新天地ではファクト子爵令嬢じゃなく、ただのルシアとして生きていきたい」

ファクト子爵は傷ついた顔で息を呑む。

「っ！　ファクト子爵家を嫌いになったわけじゃないわ。でも、私、ジューレ侯爵家と関係があった過去をなかったことにしたいの」

それを聞き、カイルはファクト子爵を見た。

すると彼は肩をすくめた。

「ああ、わかったよ。盗掘をしているジューレ侯爵家との関係が知られたら、この国で無用な非難を受けるかもしれない。今までルシアはいっぱい苦労したんだ。これからは好きに生きなさい」

ファクト子爵はそう言うと、ルシアの頭を撫でた。

「もちろん、僕もそれでいいと思う。家に関しては、僕が保証人になるから大丈夫だよ」

「……‼　カイル！　ありがとう‼」

ルシアはカイルの手を取ってピョンと跳ねた。

ファクト子爵はそんな様子を眩しく見つめた。

「心配事もなくなったことだし、家を探しに行こうか！」

カイルの言葉で、一行は村の万屋《よろずや》に向かった。なんでも知っている便利屋である。

万屋の店主は、店に入ってきたルシアたちを見て怪訝な顔をした。

なにしろルシアの一行は、あまりにもバラバラのメンバーだったからだ。肩にカーバンクルをのせた少女、それに屋敷妖精、やつれ果てた中年男だ。

そもそも、辺境の村でよそ者が来ることは少ない。怪しまれてもおかしくないのだ。

しかし、店主は、ファクト子爵の陰に隠れていたカイルに気づき、慌てて帽子を脱ぎ頭を下げた。

「カイル様！　お帰りで‼」

「もー！　大袈裟《おおげさ》なのは、やめてって言ってるでしょ？」

カイルが少し拗《す》ねたように抗議すると、店主は笑った。

「すみません。おかえりなさい。カイル様」

「うん。ただいま。それで、この人たちが住む家を探しているんだけど……。工作室付きの物件はあるかな？　この人たちの身元は僕が保証するよ」

カイルの言葉にルシアは瞳を輝かせた。

「工作室付き物件……‼」

「うん、だって、ルシアは魔導具を作ったり修理したりしたいでしょ？」

「さすがカイルね！　私のこと、わかってる‼」

ルシアがキラキラした目でカイルを見上げると、彼はテレテレとして頬をかく。

微笑ましいふたりの様子を、店主とファクト子爵は見守った。

「では、この物件などはいかがでしょう？」

店主はカイルの顔色を窺《うかが》いながら、ひとつの物件を案内してきた。

「持ち主の魔導具師が旅に出ていまして、旅のあいだ借り主を探している工房です。大きな道からは一本奥に入っていますが、治安のいい場所ですし、こぢんまりとしていい物件ですよ」

「僕も見たことがあるけれど、いい工房だと思うよ」

カイルが言い、ルシアはその物件を見に行くことに決めた。

本命の物件を見る前に、ほかの物件も案内してもらう。

しかし、綺麗でも工作室が小さすぎたり、大きな工作室があっても荒れていたりと、すべて帯に短したすきに長しだった。

そして最後に、本命の空き工房に着いた。

道に面した部屋がふたつあり、ひとつは工作室で、もうひとつは来客用の部屋のようだった。来客用の部屋は店として使えそうだ。奥にはキッチンなどの居住空間がある。

ちょうど手頃な大きさで、村のメインストリートから一本奥へ入っているのも静かで仕事に集中しやすく、使い勝手がよさそうだった。

井戸もあり、小さな庭には果物がなる木もあった。

工作室は綺麗に片付けられており、必要な道具と器械がそろっている。

「わぁ！　素敵な職人が住んでいたところに違いないわ‼　かゆいところに手が届く造りね！」

ルシアはひと目で気に入った。

「オイラも！　オイラも気に入った‼」

ニィが屋敷の中を跳びはね回る。

《うむ。よい気が溢れている場所だな。ここは居心地がいい》

ウルカヌスも答える。

「キキキキ‼」

肩に乗っている勇敢なカーバンクルが鳴く。

「なぁに？」

《このカーバンクルも一緒に住むと言っている》

ウルカヌスが通訳する。

「あなたも、ここに住むの？」

ルシアが尋ねると、勇敢なカーバンクルは「キキ」と頷いた。

《お主に名前をつけてほしいそうだ》

「私がつけていいの？」

ルシアの問いかけに、コクコクと勇敢なカーバンクルは頷いた。

そして、キラキラと期待に満ちた瞳でルシアを見る。

ニィとウルカヌスはなんとも言えない顔でルシアを見ている。

「じゃあ、カーバンクルのバンク！　よろしくね！」

カーバンクルは、ルシアの肩の上でズルッとこけた。安易な呼び名に脱力したのだ。

「まぁ、そうなるよね。オイラはブラウニーのニィだし」

《偉大なる精霊の儂でさえ、ウルちゃん呼ばわりだからな》

「ウキィィィ……」

肩を落とすカーバンクルを見て、ルシアは慌てる。

「え？　嫌だった？　じゃあ、カバ？　クル？」

ルシアの代案を聞き、カーバンクルは鼻に皺《しわ》を寄せ頭を横に振った。

《バンクでいいそうだ》

ウルカヌスが伝える。

「じゃバンク！　仲良しの印に、まずはモフモフさせて！」

「キュキ！」

バンクは頷くと、モフモフの尻尾をルシアの顔の前に差し出した。

ルシアは嬉しくなって、カーバンクルのモフモフの尻尾を抱きしめ顔を埋める。

スーハスーハと思いきりバンクの香りを吸う。

「はぁぁ、松脂の香りでいい気持ち……すーっとする……」

ルシアが堪能すると、バンクはくすぐったそうに身をよじり、ルシアの顔に抱きついた。

仕返しするようにルシアの頭の匂いを嗅ぐ。

「キュィィィ」

バンクもうっとりとしたように鳴き声をあげた。

それを見てカイルは思わず笑う。ウルカヌスの声は聞こえないが、バンクとルシアのやりと

りが微笑ましかったからだ。

クスクス笑うカイルを見て、ルシアは唇を尖らせた。

「カイルまで馬鹿にするの？」

「ううん、可愛いな、って思って」

カイルが答えると、ルシアはパッと頬を赤らめた。

「もう！　カイルってば！　からかって！」

「からかってないよ。ほんと、ほんと」

カイルがいつもの軽い調子で答えると、ルシアはムゥと頬を膨らませる。

ルシアの機嫌を損ねそうで、カイルは慌てて話題を変えた。

「それで、この物件はどう？」

カイルが尋ねると、ルシアは熱くなった頬を押さえながら、答える。

「ニィもウルちゃん、バンクも気に入ったみたいだし、この物件にするわ！」

ルシアがそう言うと、カイルが照れるように頭をかく。

ルシアは、まるで自分が褒められているかのように照れるカイルの様子を不思議に思いながらも、契約をした。

ニィはご機嫌で工房の掃除を始めると、ファクト子爵もそれを手伝う。バンクは家の中を探検している。

ルシアとカイルは村へと必要な物を買いに出かけることにした。

ここで魔導具工房を開く準備をするのだ。軌道に乗るまではカイルが一緒に働いてくれることになった。

カイルは村に詳しかった。

買い物をしていてわかったのだが、村人はカイルにとても好意的だ。カイルがひとこと相談すれば、希望に添うものを全力で探してくれる。

「この村の人たちって、みんなカイルのことを信用してるよね。カイルって、もしかして、領主様だったりしてー！」

ルシアが笑いながら言うと、カイルは困ったように笑った。

「ここの領主様は女性なんだよ」

「領主様が女性！　素敵ね！」

「うん。素敵な人なんだ。いつか、ルシアも会えるといいね」

「うん！」

明るく笑うルシアを見て、カイルは少し心が痛んだ。

じつは彼女に秘密にしていることがあったからだ。

カイルは留学するにあたり、商人の息子と身分を偽っていた。許されるのなら現在の身分を捨て、魔道具商人として生きたかったからだ。身分による忖度《そんたく》のない場所で、学び実力を得たかった。

そんなカイルの実際の身分は、シグラ王国の第三王子であり、母は、ここセファ辺境伯の娘なのだ。

病弱な母は、カイルの出産を機に里帰りをした。そして、療養を名目に、一度も王宮に帰らず、セファ領で暮らした。その後、カイルが九歳になる頃、亡くなったのだ。

母が亡くなったことで、王宮に連れ戻されたカイルだったが、宮廷での政争に巻き込まれることに疲れ、セファ辺境伯の孫として生きることを望んだ。

王宮で帝王学をひと通り学んだのち、カイルはセファ領へ戻ってきた。そして、ヒベルヌス王国へ留学するまでは、カイルはこの村に住み、領地経営を任されていたのだ。ルシアに紹介した工房は、もともとはカイルの家だった。

しばらく辺境伯の孫としてセファ領で暮らしていたのだが、彼がプラオット村を立て直したことがわかると、王宮へ戻るようにと催促されるようになった。第一王子は肉体派で強引さが目立つ一方、心優しい第二王子は病弱だった。そんななか、文武両道で、民意に耳を傾けるカイルが有望視されるようになったのだ。

王宮に戻るのが嫌だったカイルは、逃げるようにしてヒベルヌス王国へ留学した。ヒベルヌス王国は、シグラ王国と違い魔導具が発展している国だからだ。

なにより、母の形見のペンダントがヒベルヌス王国の天才魔導具師の作品だと聞いていた。

その国へ行けば、壊れてしまった母の形見も直すことができるのではないかと考えていたのだ。

（ペンダントを作った人には会えなかったけど、おかげで、ルシアと出会うことができた。どんな身分でも優しくしてくれたルシア。でも、僕が王子だと知ったら、前とは同じように接してくれなくなるかもしれない。ルシアはそんな子じゃないと思うけれど、今の関係が壊れるのは嫌だ――）

カイルはそう思い、ルシアに真実を話せないでいた。

「カイル？　どうしたの？」

考え込むカイルを見て、ルシアが小首をかしげた。

カイルは慌てて首を振る。

「なんでもないよ！　久々に帰ってきたから、懐かしいなって思って。ルシアはどう？　この村はなじめそう？」

「うん！」

ルシアは元気よく答えた。

プラオット村は小さいけれど明るく朗らかな村だった。村人たちはみんな笑顔で、野良猫もふっくらと太っている。

元鉄鉱山の村だけあって、ジューレ侯爵領と同じように手足を失った人たちもいるが、物乞いなどをする様子はない。

「素敵な村ね。手足を失った人たちも溌剌《はつらつ》としている。ジューレ侯爵領では物乞いになっていたのに……。どうしてなのかしら？」

「働けなくなった人たちには補償が出るんだよ。それに、できる仕事を探して斡旋《あっせん》もしてるんだ」

「だからみんな安心して暮らせるのね」

ルシアは感心する。

「素敵な領主様がいる村はこうも違うのね……」

思わず呟く。

カイルも眉をひそめた。

「ああ、ジューレ侯爵領か……」

「うん。カイルも見た？　酷いありさまだったでしょう？　上に立つ人が違うだけでこんなに村が変わるなんて不思議。領主様はきっと有能な方なのね」

ルシアが天真爛漫《てんしんらんまん》に笑った。

「そうかな？　みんなが暮らしやすいほうが、領主だって暮らしやすいでしょ？　そのために努力するのは領主として当たり前じゃない？」

「そう思えることが当たり前じゃないのよ！　カイルはもっと領主様に感謝したほうがいいわ！」

ルシアは自分のことのようにプリプリと腹を立てている。

カイルは少し照れくさい。この村を立て直したのはほかでもないカイルだったからだ。ただ自分の好きな人々の不幸な顔が見たくないだけだったのだが、ルシアに認められると、とても嬉しい。

「私、この村に来てよかったわ！　ここでなら幸せになれる気がするもの」

「そんなふうに言ってもらえたら領主冥利に尽きると思うよ」

カイルの本心だった。

「みんながここの領主様みたいだったらいいのにね。でも、領主様って血筋で決まってしまうでしょう？　領民にとったら運頼みなのよね。ジューレ侯爵領のようにできない領主に当たったら、自動的に不幸になっちゃうわ。領主になる人が責任を持って務めを果たしてくれたらいいんだけど、なかなか難しいわよね」

ルシアの言葉に、カイルは目が覚めたような気がした。

魔導具が好きなカイルは、王子などやめて魔導具商人になりたいと思っていたのだ。

（将来やりたいことと、僕が本当にすべきことはもしかしたら違うのかもしれない――）

ルシアの話を聞いて思う。

（僕にとっては重荷でしかない身分だけど、この身分でしかできないこともあるんだ）

カイルは気づかされた。

「ねぇねぇ！　あのお店はなに？」

ルシアがカイルの手を引っ張り指をさす。

「あ、あそこは洋品店だよ」

「わぁ！　寄ってみてもいい？　新しい服を買いたいの」

ルシアが今着ている服は、ローサから押しつけられたお下がりだ。どうせ仕事で汚すのだからと、新しい服はここ二年買ってもらっていない。

「僕も見たいものがあったんだ」

ふたりは並んで店に入る。

「いらっしゃいませ」

店主は店の奥で品出しをしながら顔も上げずに挨拶をした。田舎ならではの商売っ気のなさである。ルシアにはそれが逆に心地よかった。

素朴な洋品店では、町人たちが着るカジュアルな服が所狭しと並べられていた。

カゴに乱雑に積み上げられた衣服たちを、ワクワクしながらあさってみる。

シンプルなブラウスから、可愛らしいスカートまで、いろいろな種類がある。華やかなワンピースはお祭り用だという。素朴な刺繍《ししゅう》が入ったエプロンや、スカーフ、靴や鞄もある。

ルシアはウキウキとして服を何点か買い求めた。自分で選んだ自分好みの服を、誰の目も気にせずに着ることができる。そんな些細なことが嬉しかった。

「新しい皮エプロンが欲しいんだ」

カイルは言った。魔導具作りには必須のアイテムである。

「私も！　子爵家に置いてきてしまったのよね」

魔導具作りのための、大きなアイテムは持ち出せなかったのだ。

「じゃ、これなんてどう？」

カイルが牛の一枚革のエプロンを見せた。

ウイスキー色の頑丈そうなエプロンだ。

「素敵ね！」

ルシアは瞳を輝かせた。カイルはルシアの好みの物を見つけるのがとても上手だ。

「僕もこれが気に入ったんだ。おそろいにしない？」

「わぁ！　カイルとおそろいなんて嬉しい！」

ルシアはピョンと小さく跳ねる。

ふたりでエプロンを着け鏡の前に並ぶ。

「まるで、魔導具工房の制服みたいだ」

カイルが漏らすと、ルシアはポンと手を叩いた。

「そうだ。カイルは何色が好き？」

唐突に尋ねられ、カイルは不思議に思いながらルシアの瞳を見た。綺麗なエメラルドグリーンが若葉のように生き生きと煌めいている。

「僕は緑が好き」

「私も」

ルシアはそういうと、緑色のスカーフを二枚取った。そして、それをカイルの首元に結ぶ。

「ねぇ、こうすると本当に制服みたい！」

ルシアも自身の首元に同じスカーフを巻いて、鏡越しにカイルを見る。

カイルはその姿が可愛らしくて、じれったいほどに愛おしい。

「うん。本当」

カイルがにこやかに答えると、ルシアは店の奥にいた店主へ軽やかに駆け寄った。

「エプロンとスカーフを一セット、プレゼント用に包んでください」

「え？　ルシア、僕自分で買うよ！」

「ううん！　これは店主から従業員への支給物です！」

ルシアは偉そうにふんぞり返って答えた。

「ええ～」

カイルが不満そうに言うと、ルシアはおどけた様子で答える。

「文句があるのかね、カイルくん」

そう言うと、ペロリと舌を出してみせる。

「もう、ルシアにはかなわないなぁ」

カイルは肩をすくめる。

そんなふたりの軽妙なやりとりを聞いていた店主は、カイルという名を聞き驚いた。

「カイル様でしたか！　息がぴったりで、まるで新婚夫婦のようでしたので、会話に水を差すのもどうかと思いまして、お声をかけずにおりました。失礼いたしました」

ふたりはバッと顔を赤らめる。

「べつに失礼じゃないよ。みんなと同じようにしてくれたほうが嬉しいから」

カイルが照れくさそうに答えると、店主は微笑ましいものでも見たように目を細める。

「さてさて、名前を入れることができますが、いかがいたしますか？」

「では、私の分には〝ルシア〟、もうひとつには〝カイル〟と入れてください」

店主に問われ、ルシアは元気いっぱいに答えた。

「エプロンは決まったから……あとは、作業用のブーツが欲しいな」

ルシアはそう呟いて作業用ブーツを選びはじめる。ふと、ディスプレイされた美しい靴に目が留まった。プルシアンブルーの布に、青いビジューが縫いつけられている。町人が履くには珍しい、華奢《きゃしゃ》なハイヒールである。

「わぁ……素敵……」

ルシアは思わず心を奪われ、感嘆した。とても履いてみたいと思う。今まで出会った靴の中でも一番魅力的だ。それだけ素晴らしい靴でもあり、金額もこの店の中では飛び抜けて高価だった。

しかし、ルシアにはこれまで貯めたお金が充分ある。誰の目も気にせずに、好きなものを好きなように買うことができるのだ。それなのに、ルシアは手に取ることすらできなかった。

憧れるような目を向けるルシアに、カイルが声をかけた。

「気になるの？」

「っ、ううん！　そんなことない‼」

ルシアは思わず否定した。素直に「素敵」となぜか言えない。

大きな女は醜いと、ルシアにはハイヒールなど似合わないと、レモラは断じた。そうして、レモラはルシアがハイヒールを履くことを禁止した。背の高い彼女がヒール靴を履くと、レモラの背丈を超すからだ。

だから、ルシアはハイヒールには一生縁がないと諦めていた。欲しいとは口に出せない、思ってもいけない、そう自制をかけていた

自由になった今、気にせず買えばいいのだが、レモラの言葉が呪いのようにこびりつき、いまだにルシアの心を縛っているのだ。

「だって、歩きにくいし、汚すし、似合わないし……」

ルシアは買わない理由を並び立てる。

するると、店の主人は困ったように肩をすくめた。

「やっぱりそう思いますよね。知り合いの靴職人が自分史上最高傑作だって言うから置いているのですが、実用的ではないし、高いので売れなくて。ただのお飾りになってしまっているのですよ」

「いえ！　そういうつもりじゃ……」

ルシアは咄嗟《とっさ》に否定した。本当は憧れている靴なのだ。自分自身を諦めさせるために絞り出した心ない言い訳だった。自分の言葉に後悔し、胸が痛む。

自分も物を作るのだ。靴職人がどれだけ心血注いでこの靴を作ったのか想像ができる。

（せっかく靴として生まれたのに、履いてもらえないなんて可哀想。でも、私には似合わないもの。違う人に連れれて帰ってもらったほうが幸せよね）

ルシアは心の中で思う。

するとカイルが靴を手に取った。

「きっとルシアに似合うよ。履いてごらんよ」

カイルのひとことで、ルシアはハッとした。

まるで心の中を読まれたようだ。

「え、私、こういう靴、履いたことないし！」

驚くルシアを椅子に座らせ、カイルはルシアの前に跪いた。

「履くだけだもん、履いてみたら？　サイズが合わなければそもそも無理なんだし」

カイルに言われ、ルシアは反論できない。

カイルはルシアの足を取り、小首をかしげる。

「脱がせてもいい？」

その尋ね方が色っぽくも茶目《ちゃめ》っ気いっぱいで、ルシアはアワアワと動揺した。

「ダイジョブですっ！　自分でできます‼」

ルシアは慌てて靴を脱ぐと、そうっとハイヒールに足を入れてみる。すると、ルシアを待っていたかのようにピタリと吸いついた。

「……え……」

ルシアの口角が自然と上がり、頬が赤らみ綻んでくる。胸がドキドキと高鳴り、フワフワとした気持ちになる。

「……素敵」

小さく呟くルシアの声を、カイルは聞き逃さなかった。

「これをプレゼント用にしてください」

カイルは店主に告げる。

「ダメよ！　カイル！」

「これは、僕からの引っ越し祝い」

「でも！」

「僕が履いてほしいから」

「だって、私、ハイヒールなんて履いたことないもの。きっとうまく歩けない。宝の持ち腐れになっちゃうわ」

ルシアはぼやきつつ、椅子から立ち上がってみせる。初めて履くハイヒールは心許《こころもと》なく、膝がガクガクと震えてしまう。

その姿を見て、カイルは嬉しそうに腕を出した。

「ほら、こうやって僕につかまって歩けばいいんだよ」

「ええ？」

「それが嫌ならお姫様抱っこしてあげるから、心配ないよ」

カイルはウインクしてみせた。

「それって靴を履いてる意味ある？」

「あるよ！」

そう断言すると、カイルはおもむろにルシアを抱き上げた。

「きゃぁ⁉」

「ほら、可愛い。ルシアが可愛い」

そう歌うように言ってクルリと回転する。

「わかった！　わかったから‼」

「わかった？　もらってくれる？」

カイルはそう言うともう一度クルリと回る。

「うん！　もらう！　いただくわ」

ルシアが答えると、カイルはルシアを椅子へと下ろした。

ルシアは上目遣いで、カイルを睨む。

「もう！」

「怒った？」

カイルは子犬のようにシュンとして小首をかしげた。

ルシアは思わず噴き出した。

「怒るわけないじゃない！　ありがとう、カイル。本当はすごく欲しかったの！」

ルシアは満面の笑みで答えた。

（自分では決心できなかったのに。カイルのおかげだわ。カイルはいつもふざけたように見せかけて、私のことを考えてくれるのよね……）

ルシアの傷ついた心に、カイルの優しさがしみ込んでくる。ルシアがレモラからかけられていた呪いの言葉を、カイルはいとも簡単に解いてしまった。

（カイルと一緒だったら、ヒベルヌス王国での嫌なことなんか全部忘れて、きっと、楽しく暮

らしていける）

ルシアはそう思ったが、まだその感情がなんであるか、彼女自身にはわからなかった。

「さて、おふたかた、イチャイチャは終わりましたか？」

店主ににこにこと問われて、ルシアはハッとする。

「あっ、すみません。お会計を――」

慌ててハイヒールから靴を履き替え、椅子から立ち上がる。

「荷物は名入れが終わったら、まとめて届けるということでいいですか？」

「はい！　お願いします」

洋品店で買い物をすませ、ふたりは外へ出た。

（変な汗、かいちゃったわ）

ルシアはチラリとカイルを見た。

カイルはいつもと変わらぬ笑顔だ。

ルシアはほっと安心し、歩きだした。

するととてもいい香りが漂ってくる。おなかがグーと鳴り、ルシアは慌てて両手で押さえた。

「おなか空いたね。なにか食べようか？　なにがいい？」

カイルが尋ねる。

「ねぇ！　あれはなに？　すっごくいい香りがしてくるの！」

ルシアがひとつの屋台を指さした。

「ああ、これからこの村の名産にしようと思っているポルキノコだよ。ソテーにして売ってるんだ。食べてみる？」

ルシアはコクコクと頷いた。

カイルはポルキノコとベーコンのソテーを買い、ルシアに手渡す。

「ああ～！　ニンニクのいい香り。それに肉厚なキノコね。ナッツの香りはキノコから？」

「キノコなのにナッツの香りが不思議だよね。鉄が取れなくなった坑道でキノコを育てているんだよ。鉄の次の産業になったらいいいな、って考えているところなんだ」

「へぇ、すごい！　これも領主様の発案？」

「それは、領主様の孫らしいよ」

実はカイルの発案だが、それはまだ口に出せない。

「とっても博識なお孫さんがいるのね」

ルシアは感心しながら、キノコを口に運ぶ。

ジュワリとキノコからソースが口いっぱいに広がる。サッパリとしたレモン汁とバターが絡まり合い、旨味の中にコクと酸味がきいている。

「っ！　おいしいぃ～‼　これは絶対名産になるわ‼」

幸せそうにキノコを頬張るルシアを見て、カイルまで幸せになってくる。

（この笑顔を守りたい。そのためにはなんだってできる）

カイルはそう思い、ルシアを見つめる。

ルシアはそんなカイルの視線を受け、ハッとした。

カイルもポルキノコを欲しがっているのだと思ったのだ。

「はい、あーん！」

ルシアはまるで当たり前というように、ポルキノコのソテーをカイルへ差し出す。

ニィとお菓子を分け合うときの癖が出たのだ。

カイルは一瞬面食らいつつ、そのキノコを頬張った。

「ね？　おいしい？」

ルシアは天真爛漫に尋ねる。

「うん。おいしい」

「とってもおいしいわよね！」

ルシアはそう言うと、またひとつ頬張る。そして、また、カイルにキノコを差し出した。

「もうひとつ、あーん」

カイルは笑いながら口を開ける。

（間接キスになってるなんて、ルシアは気づいてないんだよね……）

カイルは少し残念に思いながらも、今の幸せを甘受した。

仲睦まじいふたりの様子を見て、行き交う村人が口笛を吹く。ヒューヒューと冷やかされ、ルシアとカイルは顔を見合わせた。

ふたりとも耳まで真っ赤である。

そして、ふたりで笑い合った。

4．魔導具工房開店します

今日は『ルシアの魔導具工房』の開店日である。

カイルの伝手《つて》でルシアはシグラ王国の国籍を得ることができた。彼女は、ただの平民ルシアとしてシグラ王国の国民となった。新しい人生を歩みはじめたのだ。

魔導具工房では、魔晶石の販売から、新しい魔導具や中古魔導具の販売、修理・相談などをおこなう。

ルシアとカイルは、そろいの皮エプロンを着け、緑のスカーフを巻き、気合い充分だ。

手伝いに来てくれたカイルは、工房のドアの上に看板を掲げる。

カイルの家はプラオット村にはないので、近くに宿を取り手伝ってくれることになったのだ。

工房の看板を作ったのは、ファクト子爵である。

ファクト子爵は、魔導具作りが得意なだけあって手先が器用だ。こういったものもそつなくこなす。

素朴なブナの木の板に、【ルシアの魔導具工房】と彫られている。村の景観に溶け込んだ看板だ。

カーバンクルの絵も彫られていて、カーバンクルの額には同じ赤い石が埋め込まれていた。

一見普通の木の看板に見えるのだが、ファクト子爵の作った物だ。

看板の下には、現在のお店の状況が、焼き印風の文字で表示されるようになっている。

今は【開店中】、閉じれば【閉店】、混み合っていることや、休業予定の案内などもできるようにしてくれた。

「お父様、ありがとう！」

ルシアが礼を言うと、ファクト子爵はルシアの頭をクシャクシャと撫で回した。

「これくらいなんでもないさ。ブナの木はいいアイデアが浮かぶといわれているよ。願いを書くと叶うのだそうだ。この店がルシアの希望の光になったらいい」

ファクト子爵はそう言うと、泣きだしそうな顔で娘をギュッと抱きしめた。

「……困ったことがあったら連絡するんだよ」

「うん」

「私はいろいろなことを片付けなければいけないから、ヒベルヌス王国へ戻るけれど、どこにいても私はルシアの味方だからね」

「うん。私もお父様の味方よ」

ふたりはギュッと互いに抱きしめ合った。

そうして、ファクト子爵はヒベルヌス王国に戻っていった。

ルシアは父の背中を見送ると、キュッと目元を手の甲でこすり顔を上げた。

「ルシア！　早く、早く！」

ニィの明るい呼びかけで、しんみりした空気が一転し、希望に満ちたものとなる。

店の中に戻り、店と奥の部屋をつなぐドア近くにある看板のボタンを押す。すると、【開店中】の文字が表示された。

「さぁ！　開店よ‼」

「オー‼」

「キー‼」

ルシアが空に向かって拳を突き上げると、ニィとバンクも真似をした。

最初に訪れたのは、この工房を紹介してくれた万屋の店主だ。

周囲の店の主人たちを誘って開店祝いにやってきてくれた。

「おおー！　これは便利な看板だね、ルシアちゃん」

「ありがとうございます！　お店の中も見ていってください！」

万屋の店主に続いて、お客さんが続々と店に入ってくる。

シグラ王国では魔導具がヒベルヌス王国ほど発展していない。僻地《へきち》のプラオット村ではまだ物珍しいのだ。

ルシアは大きなガラス容器に蛇口をつけた給水器から、紅茶をコップに注ぎ、店に来た人々に手渡していく。

「こちらをどうぞ！」

「ああ、ありがとう。ちょうど喉が渇いてた」

「熱いから気をつけてくださいね！」

ルシアから紅茶を手渡され、万屋の店主は礼を言い、すぐさま口に運ぶ。

「っあっち‼　なんだ、これ、熱々じゃないか！」

驚いたようにルシアを見る。

「大丈夫ですか？　だから熱いって言ったのに……」

「いやいや、あんなものの中に入っていた紅茶だ。熱いとは思わないだろう⁉」

万屋の店主は、気まずそうに苦笑いする。

「これは、魔晶石の力で、冷たいものは冷たいまま、熱いものは熱いまま、保冷保温ができる魔導具の給水器なんです」

ルシアが説明すると、客たちがホウと声をあげる。

「これは便利だな」

「冷たい飲み物にも使えるのがいいね」

「でも、魔導具ってお高いんでしょう？」

ルシアは微笑んだ。

「もし、気になるようなら、お試しで一ヶ月無料で貸し出しします。気に入っていただけたら、ご購入いただくか、購入が難しかったら有料で貸し出しもできますよ！」

「おいおい、ルシアちゃん、そんなんじゃ商売にならないよ」

万屋の店主がハラハラして口を挟む。

「いいんです。まずは魔導具のことを知ってもらえたらと思って」

ルシアは微笑んだ。

便利な魔導具を使い慣れれば、欲しくなることは目に見えていた。それにルシアには蓄えもある。

なにより、みんなに魔導具を使ってもらい、魔導具に親しんでほしかった。

万屋の店主は、長いため息をついた。

「ルシアちゃんはなんとも心配だねぇ……。いくら魔導具作りが上手でも、商売に向かないんじゃないのかい？　よし、おいちゃんが手助けしてやろう！　いろんな人に紹介してやるよ」

「ありがとうございます！」

「で、この店ではなにができるんだい？　魔導具の販売と貸し出しと？」

「修理とオーダーメードも承ります。それに、使い方がわからなくなった物の使い方も教えますよ！　いらない物は買い取ります！」

「ほう！　魔導具の便利屋だな」

万屋の主人は笑った。

それを聞いていた客たちが声をかける。

「この給水器、お試しで貸してくれ！」

「うちも借りたい‼」

「家に使い方がわからない古い魔導具があるんだが、そんなのでも買い取ってくれるのか？」

「修理もできるの？」

「いやいや、できたばかりの店、よそ者だぞ？　信用していいのか？　修理を頼んだら持ち逃げされるかもしれないぞ」

「でも、借りる分には俺たちは損しないだろ？」

ワイワイと押し寄せる客たちにルシアは圧倒される。

「はいはい、皆さん並んでください」

カイルが手を叩くと、客たちがハッとした。

「カイル様……！」

カイルはニコリと目を細めた。

「僕はしばらくこのお店を手伝うことにしたんだ。さぁ、並んで、順番に予約をしてもらうよ」

カイルが言うと、客たちは静かに従う。

「カイル様が手伝いなら心配ないね」

「ああ、安心して任せられるな」

客たちの話し声を聞き、ルシアは尊敬の眼差しでカイルを見た。

「カイルってすごいのね……！」

カイルははにかんで笑う。

「そんなことないよ」

「そんなことあるわよ！　みんなに信用されるのって、本当に難しいんだから‼」

ルシアが力説すると、周囲の客たちがニヨニヨと笑う。

「そうだよ、ルシアちゃん！　よくわかってる。カイル様はいい男なんだ！　これからもよろしく頼むよ！」

万屋の店主が言い、周囲の客たちもウンウンと同意する。

カイルは顔を真っ赤にして、唇を尖らせた。

「もう、みんな、やめてよ」

そんなカイルの様子に、あたりは笑顔に包まれた。

ルシアの魔導具工房は、好調なすべり出しを見せた。

◆　◆　◆

ルシアの魔導具工房が開店し一ヶ月ほど経ち、店は村になじみはじめている。

ルシアはシグラ王国に来てから健康的になった。虐げる継母たちがいなくなり、自分のために美容魔導具を作っても奪われることもない。

好きなもの食べ、好きなことをし、充分な睡眠が取れるようになったため、ストレスもなくなった。自分のために時間を使えるようになったルシアは、ヒベルヌス王国にいた頃よりもずっと美しくなっていた。本来の自分を取り戻したのだ。

この日、ルシアは朝早くから工作室で、魔導具を作っていた。

レモラにあげた魔導具腕時計の改良版だ。

レモラのだらしない生活を補佐するためにルシアがプレゼントした物なのだが、その機能はレモラしか知らない。

レモラいわく、「この存在が知られたらほかの者が有能になるから口外するな」とのことだった。

そのせいで、特許も出願されていない。

たしかに、この時計のおかげでレモラがなんとかなっているのは事実で、婚約者の不出来が明らかになることは、ルシアにとって恥ずかしいことだった。

だから、ルシアも今までこの時計の機能を秘密にしてきたのだ。

「でも、もう婚約者じゃないし、必要としている人はたくさんいるはずよ」

ルシアはこの腕時計をシグラ王国で特許出願しようと思ったのだ。

設計図を書き、申請書をつける。

ルシアがレモラに贈った魔導具腕時計には、タイマーとアラーム機能がついていた。連動した魔導具に、スケジュールを入力すると予定を知らせてくれるのだ。

また、体温と心拍数も測定し、居眠りをしそうになれば振動で教えてくれる。緊張が続けば、休むべき時間を教えてくれ、睡眠も管理してくれる。

運動不足になりがちなレモラのために、一日一万歩以上歩かなければ時計が止まる仕様になっていた。

この歩数制限は取り払い、ちょっとした辞書機能やメモ機能を追加して、シグラ王国で商品化しようと考えたのだ。

ルシアは最後の部品を組み込むと、仕上げに小さいが魔力の高い魔晶石を腕時計に入れる。するると、腕時計は音もなく動きだした。

「どう？　ウルちゃん。大丈夫？」

ルシアはウルカヌスに問いかける。

《問題ない。ちゃんと魔力が巡っている》

ウルカヌスが太鼓判を押す。

「じゃ、これでできあがり！」

ルシアは新しい腕時計を見て満足した。

スケルトンの文字盤からは、中の歯車が動く様子が見える。秒針はカイルの瞳と同じ青にした。

魔晶石を混ぜて作ったガラスカバーには、魔力で文字が浮かび上がる仕様だ。

「カイル、喜んでくれるかな？」

「きっと喜ぶに決まってる！」

ニィは当然だと言わんばかりだ。

魔導具オタクのカイルは新しい魔導具が大好きだ。

シグラ王国で暮らせるようにしてくれた彼に、感謝の気持ちを贈りたいとルシアは考えていたのだ。

「……でも、腕時計はさすがに重い？　そういえば、レモラ様は初め、迷惑そうな顔をしていたわ」

ルシアは思い出した。

レモラの生活改善のために作った腕時計だが、贈ったときは嫌そうな顔をされたのだ。『俺の生活を管理するのか？』と怒鳴られた。

ただ、寝坊と遅刻、忘れ物が多くて困っている彼を助けたかっただけだったのに、そう告げれば『母親になったつもりか』と軽蔑の目を向けられたのだ。

最終的に、魔導具の便利さに気がついたレモラは腕時計に頼りきりになっていたが、ルシアに礼を言ったことはなかった。

ルシアは暗い気持ちになる。

レモラに未練はないが、傷つけられた過去はなかなか消せないのだ。

「あれは、あいつがおかしいだけだよ‼」

ニィが憤慨する。

「でも、もっと無難な物にすればよかったわね。……やっぱりそうしよう‼」

《今さら、なにを言ってるんだか》

ルシアが決心すると、ウルカヌスが水を差す。

「だって……」

《あの魔導具オタクなら最新魔導具が一番嬉しいに決まっているだろうが》

ウルカヌスは知っている。

レモラにあげた腕時計がもとになっていたとしても、最新機能を付け加えるのにルシアが苦労していたことを。

そして、新しい機能をつけたのは、カイルを思ってだということも。

「でも……」

ルシアがうだうだしているところへ、ルシアの魔導具工房のドアベルがカランと鳴った。その音を合図に、ルシアは腕時計を持ったまま工作室から店へ移動した。

店には爽やかな笑顔のカイルがいた。

「おはよう！　ルシア」

「っあ、ぅ、おはよう、カイル」

動揺するルシアを見て、カイルが小首をかしげた。

「どうしたの？」

《ほら、今がチャンスだ、渡せ！》

ウルカヌスがせっつくが、ルシアはモゴモゴしている。

ニコニコとして、ルシアの言葉を待つカイルの瞳が優しくて、あまりにも眩しかった。

（いや、無理よ。手作りの腕時計とかどう考えても重すぎるわ‼）

ルシアはそう思い、腕時計を背中に隠した。

するとそれをニィがパッと取り上げた。

「あ！　ニィ‼」

ニィは腕時計を持って、タタターと駆けだした。

そして、カイルにその腕時計を突き出した。

「はい！　カイル。ルシアの最新作だよ‼」

ドヤ顔でニィが言うと、カイルは腕時計を受け取って瞳を輝かせた。

「……ルシアの……新作‼」

そして、傾けてみたり、裏返してみたり、マジマジと観察する。

「あのね、こっちのボタンを押すとね……」

ニィが得意げに機能を説明する。

そのたびに、「ああ」だとか「ほう」だとか、感嘆の声がカイルから漏れる。

ルシアは恥ずかしくてしかたがない。身をよじるような気持ちで、カイルを窺い見た。

「すごい……美しくて、それでいて軽くて……。こんな魔導具見たことがない……‼」

そう感嘆しルシアを見たカイルの瞳は、まるで星のように輝いていた。

「うっ！　眩しいっ‼」

ルシアは思わずよろめく。

「これがルシアの新作⁉　シグラ王国で特許申請するの？　いつから発売？　金額は？　これだけ凝った魔導具、大量生産はできないよね？　そうすると国家予算クラス⁉　僕、買えるかな？　こういうのは定期整備《オーバーホール》も必要だよね？　技術者を集めなきゃダメじゃない？　ねぇ、ルシア」

弾丸のようにカイルが詰め寄り、ルシアは圧倒された。

「っ！　カイル、落ち着いて……！」

「落ち着いてなんていられないよ！　え、こっちのタイプライターでスケジュールを入力するの？　自分専用の辞書機能？　メモ帳？　機能だけじゃなく、デザインも秀逸だ。これはすごい‼　欲しい‼　絶対欲しい‼　いくらでも出すよ、ねぇ、ルシア！　まずは僕に売ってよ！　足りない分はどうにか……誰かに借りて……おばあ様なら、少しは……」

「ねぇ、だから、カイル、落ち着いて？」

どうどうとルシアがカイルを宥める。

「それ、カイルへのプレゼントなの」

ルシアは目を逸らし、俯《うつむ》き加減で、小さく小さく呟いた。

カイルは息を呑み、言葉を失う。

店の中に静寂が広がる。

「……」

「……」

ルシアは恐る恐るカイルを見た。

カイルは天井を仰ぎ、目を瞑ってガッツポーズをしていた。

ルシアは呆気にとられる。そして、思わず噴き出した。

カイルはルシアの笑い声で、ハッと我に返る。

「いや、ダメだよ、こんなに素晴らしい物！　ただでなんてもらえないよ。お金を払わせて！　お願いします‼」

今度は懇願しはじめる始末である。

ルシアは胸がいっぱいになる。

自分が作った物で、こんなに喜んでもらえることはなかった。子爵家にいた頃は、お礼のひとつも言われたことがない。

一生懸命寝ずに考え、作り上げても当たり前のように取り上げられていたからだ。

「ううん。いいの。私の気持ちだから。カイルには感謝してるの。だから、受け取ってくれるのが私にとって一番なの」

そう言ってルシアが笑うと、瞳から涙がひと粒転がり落ちた。

今までの苦しみがカイルに救われ、光の結晶となりはなたれたのだ。

ウルカヌスのペンダントに涙が吸い込まれていく。

《熱いな……》

ウルカヌスがルシアの涙の温度を感じて、小さく震えた。

「っえ！　ルシアどうしたの？」

カイルは慌ててルシアの肩を抱いた。

「あのね、嬉しくて……」

「うん」

「私、今まで作った物……」

「うん」

「こんなふうに認めてもらったこと……なくって……」

ルシアはようやくそこまで言うと、そこから先の言葉は嗚咽《おえつ》に呑み込まれた。

カイルはルシアを抱きしめた。

いつでも明るく気丈に振る舞うルシア。しかし、震える肩は細く薄い。

天才魔導具師といえども、心は普通の少女なのだ。それなのに、彼女はファクト子爵家を守るためひとり戦ってきた。

「ルシアの魔導具はどれもみんな素晴らしいよ」

「……」

「僕は知ってる。君が使う人のことを考えて、一生懸命作るから、魔導具たちはそれに応えてくれるんだって」

カイルはルシアに言い聞かせるように、背中をポンポンと叩いた。健気なルシアを愛おしいと思う。同時に彼女を虐げてきた人間を苦々しく思っていた。

もう彼女を苦しめたくない、心からそう思う。

「……カイル、ありがとう」

ルシアは礼を言い顔を上げた。

煌めく涙が、真珠のように頬を転がっていく。しかし、その顔は晴れ晴れとした微笑みが浮かんでいる。

カイルはその美しさに切なく震える。

あまりにも尊くて、儚《はかな》げだった。

赤くなった目尻をハンカチで押さえる。

やわらかなシルクが、ルシアの涙を吸い上げた。

バンクが、鳴きながらルシアの肩によじ登ってくる。

そして、ルシアの涙をペロリとなめた。そしてモフモフの尻尾でルシアの頭をポフポフとはたく。

「キィ」

心配するように鳴くバンクを、ルシアはヨシヨシと撫でる。

「ありがとう、優しいのね」

ルシアが言うと、バンクはペロペロとさらになめる。

「くすぐったいわ」

ルシアが笑えば、バンクは満足げに胸を張った。

気がつけば涙は止まっている。

「ね？　ルシア、カイルは大丈夫だったでしょ？」

ニィがルシアのスカートを引っ張った。

「うん。そうね」

「オイラ、人を見る目はあるんだ！」

ニィはドヤ顔で笑った。

カイルも微笑む。

「ニィのお眼鏡にかなうなんて、光栄です」

「うん！　カイルはいいヤツだ！　オイラ、カイル好きだもん！」

そう言いつつ、ニィはチラリとカイルを睨む。

「でもさ、いつまでそうしてるつもり？」

ニィに指摘され、抱き合うふたりは我に返った。

そして、慌てて距離を取る。

ちょうどそのとき、店のドアベルがカランと鳴った。

本日一人目のお客様、万屋の主人である。

「あれ？　看板は【営業中】だったけど、お取り込み中だったかな？」

ニヤニヤと笑われて、ルシアは思わずニィを見る。

ルシアは看板の表示を変えていない。

「あっ！　ニィが表示を変えたのね？」

ニィはペロリと舌を出した。

「だーって、開店時間だもん！」

ニィはそう言うと、工作室へ逃げていった。

「もう！」

店内に笑い声が広がる。

ルシアの魔導具工房は今日も幸せに満ち溢れていた。

◆◆◆

ルシアの魔導具工房は、一ヶ月あまりですっかり村になじむと、瞬く間にシグラ王国で有名になった。

辺境のセファ領にありながら、王都からも客が来るようになったのだ。

魔導具自体が珍しかったシグラ王国では、魔導具のレンタルが喜ばれた。

高価で買えない魔導具も、レンタルなら試すことができる。レンタルした人々が、価格以上の便利さを感じ購入することが増えたのだ。

忙しくなったルシアだが、ドワーフたちの協力も得て、魔導具の量産化に励んでいた。

鉄の産出が減り、仕事がなくなっていた村人を集め、ドワーフたちに魔晶石の磨き方や、魔導具作りの基本を指導してもらっているのだ。

ルシアのおかげで増えはじめた魔晶石の管理は、カーバンクルがおこない、取りすぎないように注意している。

ルシアのおかげで、セファ領は魔導具の産地として名が知られるようになってきた。

逆に、魔晶石が取れなくなったジューレ侯爵家は、ヒベルヌス王国で立場が弱くなっている。

そんな噂が、ルシアの耳にも聞こえるようになっていた。

セファ領が豊かになるにつれ、反比例のようにジューレ侯爵家は落ちぶれていくようだった。

一日の仕事を終え、ルシアは看板の明かりを消そうとしていた。
するとそこへ、フードをかぶった男たちが三人すべり込んできた。
「いらっしゃいませ」
ルシアが声をかけるが、なんの返事もしない。
ただジロジロと店の中を眺めているだけだ。
《久々に感じが悪いヤツだ》
ウルカヌスがルシアにだけ聞こえるように言う。
バンクは警戒態勢でルシアの肩に乗っている。
ニィは小さなモップを持ち、物陰に隠れ様子を窺っていた。
ルシアはあまり気にしていない。
ヒベルヌス王国にいたときも、下町では怪しげな男の依頼を受けたことがあるからだ。

誰かの魔導具を壊したなど、後ろ暗いことがあって修理を頼みに来る人は、人気《ひとけ》少ない時間や場所で、不自然な態度でやってくる。

そして、そういった客は普通の魔導具工房では直せないような珍しい魔導具を持ってくることが多いのだ。

（怪しいけれど姿勢のよさから身分が低くないことがわかるわ。ふたりは体格もいいし、阿吽《あうん》の呼吸ね。どこかの貴族の護衛とか？　眼鏡をかけた青年はなにかの技師かしら？　爪が削れてる）

ルシアは内心ワクワクとした。

（シグラ王国の面白い魔導具が見られるかもしれないわ！）

魔導具に対しては、後先考えられなくなってしまうルシアである。

「お客様、そろそろ閉店なのですが」

ルシアは好奇心を隠しながら、声をかけた。

するとリーダー格の男が意を決したように顔を上げた。顎に髭が生えている。

「内密に直してもらいたいものがある。人に見られたくない。ほかの客が入れないようにしてもらえないか」

男は重々しく言った。

「はい」

ルシアは嬉々として店の看板のボタンを押し、表示を【閉店】に変える。

窓からそれを見ていた眼鏡の男が驚いたように、声をあげた。残る男も感心したように息をつく。

ルシアは店のカーテンを閉める。

「はい！　これで外からは見えません！」

ニィは、物陰で小さくため息をついた。

「ルシアは魔導具のことになるとなにも見えなくなっちゃうんだから……」

バンクも同じ気持ちで、ルシアの肩でため息をつく。

ウルカヌスは面白そうに成り行きを眺めていた。

男たちの緊張感とは正反対のルシアの態度に、彼らは微妙な顔をしてコソコソと相談し合う。

「この娘、状況がわかってるのか？」

「いわゆる阿呆《あほう》なのでは？　任せて大丈夫か？」

「いや、こんな小娘が噂の天才魔導具師なわけがないだろう？」

失礼な物言いを聞きながらウルカヌスは状況を楽しんでいる。

「お嬢ちゃん、ここの魔導具工房の主人はどこだい？　主人を出してくれ」

顎髭のある男が尋ねた。

「私が、魔導具工房の主人ルシアです」

「冗談はやめてくれ」

「冗談じゃないですよ？　信じられないのであればよその工房へ行ってください」

ルシアはニコリと微笑んでみせた。しかし、ほころんだ口元とは対照的に、その瞳は冷たく冴えている。

男は思わずゴクリと唾を呑んだ。

「……」

「おい、無礼だぞ！」

別の男がルシアに声を荒らげる。

「よせ」

顎鬚のある男が、窘《たしな》めた。

「すまない。これを見てほしいのだ」

四角い箱から取り出されたのは、上質な布に包まれた銀製の箱だった。ちょうどルシアの両手のひらにのるほどの大きさだ。

それだけで持ち主がただ者ではないとわかる。

側面には豪奢《ごうしゃ》な装飾が施され、蓋には大きな宝石がはめ込まれている。

ルシアは目を見張った。そして、思わず頬が綻ぶ。

「これは……」

「ああ」

「カラクリ箱ですね？」

ルシアが尋ねると、男は苦笑いをした。

「開けずによくわかったな」

「ええ、似たようなものを見たことがあります」

ウルカヌスの宿るペンダントもカラクリ式なのだ。

「これを開けることはできるか？」

「たぶん……お急ぎですか？」

「できればここで開けられるところまで開けてほしい」

男に言われ、ルシアは頷いた。

「では、できるところまで」

そう答えると、ルシアはカラクリ箱を作業台の上に持っていく。

ライトをつけて、拡大鏡で周囲をマジマジと観察する。

《一部壊されているな》

ウルカヌスが言う。

「ここが始点ね」

ルシアは小声で呟くと、側面に飾られていた宝石のひとつをスライドさせた。すると、歯車の組み込まれた機構部が現れた。部品の一部を直し、魔晶石を入れ替える。

すると、蓋の宝石が輝いた。ルシアは、箱の模様を次々と動かしていく。

瞬く間に、カチリと音がしてカラクリ箱が開いた。

ひとつ引き出しが開くたびに、コインが出てくる。

最後に開けた引き出しには、黄金が詰まっていた。

平民であれば、喉から手が出るほど欲しいものだ。さらに先を開ければ、もっと高価な品物が詰まっているかもしれない。

しかし、ルシアは最後の引き出しをひとつ残して手を止めた。

「これでしまいか？」

「はい」

男が聞き、ルシアは微笑み頷いた。

「……なんだ、噂ほどでもなかったな」

眼鏡の男が馬鹿にしたように小さく笑う。

しかし、ルシアは恥じ入る様子がない。

顎髭のある男はハッとする。

「気づいていたな？　……あえて開けないのか」

「存在を知っているってことは、本当の持ち主ですか？」

ルシアが尋ねると、ふたりの男たちが彼女を睨んだ。

「我々を試したのか！」

「馬鹿にしたのだな！」

「私を試したのはあなた方ですよね？」

ルシアは飄々《ひょうひょう》と答える。

「なんだと！　平民のくせに生意気な！」

「女風情になにがわかる」

ふたりの男たちがルシアを罵ると、顎髭のある男がそれを制した。

「静かにしろ。このお嬢さんの言うとおりだ。それに我々は喧嘩《けんか》をしに来たわけではない」

顎髭のある男はそう窘め、フードを取った。

そして、ルシアを真っ直ぐに見てから、頭を下げた。

「試すような真似をして、すまなかった」

「いえ、でも、最後の引き出しを持ち主に無断で開けると呪いがかかる仕掛けだなんて、危ないですよ。ほかの魔導具師にはしないでくださいね」

ルシアが笑って答えると、顎髭のある男は顔を青くした。

「呪い……だと。お前そんな仕掛けを我々にも黙っていたのか？」

顎髭のある男が、眼鏡の男に尋ねる。

眼鏡の男は、不愉快そうにそっぽを向く。

「開けようとしたら止める予定だったさ。問題ないだろう？」

どうやら、眼鏡の男がこのカラクリ箱を作ったらしい。

「だから、最後のひとつをあえて開けなかったのか……」

顎髭のある男は苦笑いをし、眼鏡の男に尋ねる。

「どうだ？　技術的には問題ないだろう」

眼鏡の男は、苦虫を噛むような顔をして頷いた。その様子は、ルシアを認めたくないという気持ちが隠しきれていない。

(自分のカラクリ箱を開けられたら魔導具師としては気分がよくないものね)

ルシアは理解する。

顎髭のある男は続ける。

「本当に申し訳ない。あなたの実力を測らせていただいた。しかし、あなたの技術、そして、先を見据えた慧眼《けいがん》には感服した」

「慧眼だなんて……」

「あなたは、この箱が盗品である可能性を視野に入れ、開けられるにもかかわらず最後の引き出しの存在を伝えなかった。引き出しを開けるごとに、宝が出てきたにもかかわらず、最後の引き出しを開けるという欲に打ち勝った」

「それは、呪いがあったから……」

「呪いが見破れたこともすごいし、わかっていても欲深い者は取り出そうとするものだ。なにも知らない者を犠牲にしてもいいのだから」

顎髭のある男は指摘すると、ちらりと後ろの男たちを見た。男たちはギクリとした顔で、顔を引きつらせる。

顎髭のある男はそれを見て小さく笑い、箱をひっくり返し、黄金を取り出した。今まで取り出したコインとひとまとめにし、ルシアに手渡す。

「あの？」

「これは、ここまでの報酬だ」

そう言うと、男は眼鏡の男に箱を渡した。

「さあ、呪いを解け」

眼鏡の男は渋々と呪いを解除する。

顎髭のある男は、カラクリ箱の引き出しの奥に指を突っ込み最後の引き出しを開けた。

そこには小さなカードが入っていた。

光沢のある厚紙には、シグラ王国の紋章である六つの星が箔押《はく》しされていて、水仙の花が描かれている。そして、第一王子のサインが書かれていた。

ルシアは思わず息を呑んだ。

「私はシグラ王国の第一王子の命でやってきた者だ。ルシア殿、ぜひ、第一王子専属の宮廷魔導具師になってはくれないか」

「嫌です‼」

ルシアは即答した。

男たちは呆気にとられる。

「は？　嫌……だと？　嫌だと言ったのか？」

「王家の誘いを断るヤツがいるのか？　信じられない」

ザワつく男たちに、ルシアはハッとした。

胸元でウルカヌスがクスクスと笑っている。

「あ、いえ、その。私には宮廷でのお仕事など務まらないので……ほら、無礼ですし？」

モゴモゴとルシアが付け足すと、顎髭のある男は微笑んだ。

「条件を話していなかったな。毎月の給与と、王宮内に専用の工作室、それに使用人もつける。新しい発明ごとに追加の……」

「条件とか、聞きません！　なんと言われてもお断りです‼」

ルシアは半泣きで耳を塞いだ。

もう、誰かの下で働くのは嫌だった。どんなに好条件でも、自由に勝るものはない。

ルシアの必死な形相を見て、顎髭のある男は目尻を下げ頷いた。

「わかった。気が変わったらこれを持って訪ねてきてくれ」

そう告げて、先ほどカラクリ箱から取り出したカードをルシアに押しつけた。

「あの！」

ルシアが辞退しようとすると、顎髭のある男は笑った。

「これは、そのカラクリ箱を直し、開けた褒賞の一部だ。なにかの用で王宮へ来る機会があったら、これを門番に見せるといい。すぐに案内してくれるだろう」

そう説明すると、男たちはルシアの工房をあとにした。

ニィは男たちが出ていくと、すぐに工房の鍵をかけた。

「もう！　ルシアったら、むちゃするんだから！」

「キキキ」

バンクも叱りつけるように鳴く。

「だぁってぇ、ちょっと危ないくらいのほうが面白い魔導具見られるんだもん」

ルシアはテヘッと舌を出し、反省の様子が見られない。

「ルシア、反省してない！」

「でも、ほら、やっぱり、面白い魔導具だったでしょ？　呪いよ？　呪い！　素敵じゃない？」

「素敵じゃない‼」

ニィが憤ると、ウルカヌスが笑う。

《ニィ、無駄だ。無駄。しかし、そこが面白いじゃないか》

「ウルカヌス様はルシアに甘いですー！」

プンスコ怒るニィが可愛らしくて、ルシアは彼をギュッと抱きしめる。

「心配してくれてありがとう、ニィ」

「もう！　王宮になんか行っちゃったら、オイラ、ついていけないかもしれないのに」

「そうね。そうならないようにするね」

「もう、ルシアはズルいんだから」

ニィは唇を尖らせながらも、結局はルシアを許してしまうのだった。


翌日、事の顛末を聞いたカイルは眉をひそめた。

ルシアが見せてくれたカードをマジマジと眺める。

「……第一王子」

「でも、宮廷なんてこりごりよ。私は自由に生きたいんだから」

ルシアはカイルが持ってきた手土産のクッキーを食べながら答える。

カイルはその答えに安心しつつ、少しだけ困る。

（ルシアが第一王子の誘いを断ったのは嬉しいけど、兄上が本気でルシアを欲しがったらどうしよう）

今のカイルは宮廷での発言権がそれほどない。

カイル自身がそれを望まなかったからだ。不毛な権力争いに巻き込まれたくなかった。魔導具の研究だけをして、生きていければいいと思っていた。

（このままじゃダメかもしれない……）

カイルは思う。

もう、ルシアの実力はシグラ王国に知れ渡ってしまった。第一王子に限らず、彼女を手元に置きたいと思う者は多いだろう。

実際、セファ領主にもルシアを紹介してほしいと頼まれていた。

自由を愛するルシアを守りたくて、カイルはそれを断ってきたが、いつまでも通用するとは思えない。

（このまま、身分を隠して生きるか、王宮に戻って第三王子として生きるか）

カイルはルシアを見た。

（でも、ルシアは王宮は嫌だという……。僕が王子だと知ったらやっぱり距離を置かれてしまうかもしれない）

ルシアはキョトンとして小首をかしげる。

それに合わせてバンクも小首をかしげた。

「なにか悩みでもあるの？」

ルシアに尋ねられ、カイルは曖昧に笑った。

「うーん。ルシアが人気者でちょっと心配だなって。無理やりさらわれたらどうしよう」

それを聞いてルシアは噴き出した。

「そんなことあるわけないじゃない。カイルは心配性ね」

「だって……」

《儂がいる》

ウルカヌスが答えるが、カイルには聞こえない。

「オイラもいるよ」

「キキキ」

クッキーを頬張ったニィとバンクが言う。

カイルは苦笑いをした。

「カイルも助けてくれるでしょ？　心配しなくても、困ったら助けを呼ぶわ」

ルシアが言って、カイルはハッとした。

ルシアに頼りにされている、それだけでカイルは嬉しいのだ。

（やっぱり僕は、ルシアを守れる力が欲しい。そのためには一度王宮に戻り、ルシアが僕の庇《ひ》護《ご》下《か》にあることをしっかり証書にしておこう）

カイルの迷いは吹っ切れた。

王子であることは、まだ告げる勇気がない。でも、ルシアを守るためにできることはしておきたいのだ。

「うん。そうだね。いつでも頼って」

たったひとこと、ルシアのそのひとことで、カイルの表情は明るくなる。

カイルが笑顔になって、ルシアもつられて微笑んだ。

5. 狂いだした歯車

レモラは、乱れた姿で走っていた。

今日は、ジューレ侯爵家子息として王宮で重要な会議に出席する予定だったのだ。しかし、すっかり失念していた。

時間を過ぎ、呼びに来たメイドによって今日の予定を思い出したのだった。

（くそ！　なんでこんな大事なときに‼）

レモラは自分の腕時計を睨んだ。

元婚約者のルシアが作ってくれた魔導具腕時計だ。

朝は強めの振動で起こしてくれる。また、レモラの予定を記憶し、朝にはその日のスケジュールを読み上げてくれる。そして、三十分前には時間を教えてくれるものだ。スヌーズ機能もある。

また、レモラの体調を感知し、居眠りしそうになれば振動し目を覚まさせてくれる。

レモラのために、ルシアが作った秘密の腕時計なのだ。

このおかげで、昔は忘れっぽくだらしなかったレモラも、さまざまな予定をつつがなくこなせるようになっていた。

レモラはこの腕時計を独占した。誰にも、この時計の優秀さは教えなかった。

ほかの人に同じものを持たれるのは我慢ならなかったし、この時計のおかげで評価が上がっていることを知られるわけにはいかなかったからだ。

しかし、ルシアがいなくなってからうまく機能しなくなってしまった。

ルシアから取り扱い説明書をもらってはいたのだが、それがどこにしまわれているのかがわからない。

以前は、ルシアがレモラの部屋の書類まですべて管理していたから、ひとこと「捜せ」と言えば一瞬で出てきた。それが、今ではメイドに捜させると小一時間もかかってしまう。

そもそも、秘密の腕時計なのだ。メイドに取説を見られるわけにはいかなかった。

これほどルシアに頼りきりでありながら、レモラはそれに気がついていなかった。ルシアからのサポートはあって当然のもので、感謝などない。すべて自分の実力だと勘違いしているのだ。

「なんで起こさないんだ‼　使えないメイドだな‼」

レモラはメイドに当たり散らしながら、ボサボサの頭で王宮へ出かけていく。

メイドはしらけた顔でレモラを見た。

レモラ自慢の艶やかな髪は、今ではゴワゴワになってしまった。これも、ルシアからもらっていた魔導具のヘアアイロンが壊れたからだ。違う魔導具を使ってみても同じようにサラサラにはならないのだ。

ルシアがいなくなってから、レモラの生活はめちゃめちゃになってしまった。

なにしろ、ルシアに作らせた魔導具がまるで時限爆弾のように次々と壊れていくのである。

もちろん、修理をさせようとファクト子爵家へ出すのだが、魔導具の専門家がいなくなってしまったファクト子爵家ではまともな修理ができないでいた。ファクト子爵家に修理を頼んで直ってきても、使えるのは一週間ほど。またすぐに使えなくなる。

ほかの魔導具師に修理を依頼しようとしても、「ファクト子爵家で発明した魔導具は直せない」と初めから受け取りを拒否される。

（なにもかも、ルシアのせいだ‼　あいつがいなくなってからめちゃくちゃだ‼）

朝は起きられない。書類は出せない。もちろん、魔導具は直せない。

そのうえ、ルシアからきつく言われていた日々の散歩はしなくなり、好きなものを食べたいだけ食べていたら、肌が荒れ、太ってきたのだ。

イライラとしながら、レモラは会議室のドアを開けた。

不機嫌そうな顔で、父ジュール侯爵がレモラを睨む。

その他の上位貴族の高官たちは呆れ顔だ。

レモラは肩身の狭い思いをしながら、蚊の鳴くような声で謝罪した。

「遅れて申し訳ございませんでした……」

あからさまなため息が部屋中に満ちた。

レモラは羞恥で顔を真っ赤にし、父の後ろの席に着いた。

「ジューレ侯爵は、少しご子息の指導をなされたほうがよろしいのでは？」

嫌みったらしくひとりの男が言う。

ジューレ侯爵は頭を下げた。

「愚息がご迷惑をおかけし、誠に申し訳ございません」

屈辱に唇を噛み、レモラを睨む。そして、レモラの頭を荒々しく掴むと、無理やり頭を下げさせた。

「なんだ、その謝罪は。お前ごときが、ここにいる皆様の時間を奪ったのだぞ？　しっかり謝罪しろ」

ジューレ侯爵に叱責され、レモラは拳を握りしめる。

「……このたびは誠に申し訳ございません。実は、元婚約者の技術が悪く、贈られた時計が粗悪品で壊れてしまい……」

レモラが小さな声でぼそぼそ言うと、チッと舌打ちする声が聞こえてきた。

「ここでさらに言い訳かい？」

「言い訳ではなく、事実の説明です‼」

「君は仮にも魔導具省長官の息子だろう。それくらい自分で直せなくてどうする」

「しかし、あの女が作った物は構造が無駄に複雑でして」

「君が理解できていないだけではないのか？」

「いえ、そうではなく――」

「そもそも、粗悪品なら使わなければいいだろう？　ただの腕時計ぐらい自分で作ればいいだけではないのか？」

矢継ぎ早に詰問されて、レモラはもう答えられなくなった。

腕時計が特別製であることは秘密だ。それに、魔導具についてはルシアに任せきりで、自分はなにもできないなどとは口が裂けても言えなかった。

ジューレ侯爵は息子を苦々しく睨んでから、これ見よがしにため息をついた。

「いいかげんにしろ、レモラ。子供の頃のように地下へ入れられたいのか？」

ジューレ侯爵は小さく囁いた。

レモラはそのひとことにブルリと震える。幼い頃の父の仕打ちを思い出したのだ。ジューレ侯爵は躾を理由に暴力を振るうことはないが、代わりに地下のお仕置き部屋に閉じ込めるのだ。

(最近は叱られることがなくなっていたから忘れていたが、父上は厳しいお方だ。あの陰気な地下室に閉じ込められるのは嫌だ)

レモラは顔を青ざめさせ、おとなしく俯いた。

「愚息のためにお時間をこれ以上いただくわけにはまいりません。このことは屋敷に戻って指導いたします」

そうジューレ侯爵が頭を下げると、周囲の上位貴族たちはヤレヤレと頭を振った。

「それにしても、最近のレモラくんはどうしたのかね？　今まではこんなにだらしなくはなかっただろう？　魔導具の修理も得意だったはずだ。私の魔導具も直してただろう？」

レモラはギクリとして俯いた。

それは、ルシアに修理を押しつけ、自分が直したことにしたものだったからだ。

「婚約者を変えてから人が変わったようだと噂されているよ。女性に溺れて本分を忘れるようではね……」

「まぁまぁ、こんな話を続けていてもしかたがない。今日のところは侯爵の親心に免じて……。レモラくんも席に着きなさい」

議長に言われ、レモラは屈辱の中、自席に着く。

しかし、そこからの議題はさらにジューレ侯爵家を苦しめるものだった。

ルシアがいなくなってから遅延している王宮魔導具のメンテナンスについて、早急な改善を求められる内容だったからだ。

「さて、王宮魔導具のメンテナンスについてだが……。魔導具省長官のジューレ侯爵、修繕の見通しは立ったのかね？」

「もう少しお時間をいただきたく」

ジューレ侯爵が答える。

実は、レモラが修繕を試みているのだがうまくいかないのだ。

今まではルシアに任せきりで、自分の仕事を覚えようとしてこなかったつけが今になって回ってきた。

「せめていつまで、と答えられないのかね」

「レモラくん、君がおこなっているのだろう？」

レモラは問われ身をすくめる。

「実は、実務補助をしていた者が不在でして……」

「補助など誰でもできるだろう？　他の者に君が教えればいい」

「私もそう思ったのですが、覚えが悪く、教育と魔導具の修繕を同時におこなうと時間がかかるのです……」

レモラも今までルシアがしていたことを、ミゼルにやらせようとした。

しかし、ミゼルは汚れ仕事を嫌がって覚えようとしない。

仕事だというのに着飾った格好でやってきて、早く仕事を終わらせようと強請《ねだ》るのだ。

（ミゼルは使えない。今思えば、ルシアは便利な女だった）

レモラは今になって、ルシアが有能だと気がついたのだった。

「代わりの人材を育てておくのも魔導具省の仕事では？」

議長に問われ、ジューレ侯爵は俯いた。

「そういえば、ファクト子爵家はどうしているのだ。天才魔導具師を多く輩出している血筋だろう。ジューレ侯爵家の忠臣ではなかったか？」

「そうだ、ファクト子爵家の者を連れてこい」

議場がファクト子爵家の名前で溢れる。

ジューレ侯爵も、レモラも苦々しい思いだ。

魔導具省長官の家系はジューレ侯爵家なのに、魔導具の知識の話となると必ずファクト子爵家が注目を浴びる。

家臣のくせに、主家を上回る信頼が気に入らないのだ。

「それが、子爵は行方不明で……」

「ああ、君が命じた旅で二年ほど行方がわからないのだったな。そのあいだの管理はどうなっていたのだ」

問われてジューレ侯爵は、説明をするよう視線をレモラに向けた。管理者のサインにはレモラの名が入っている。

レモラは、ルシアに作業をやらせ、自分がやったようにごまかしていたのだ。それが明らかになっては困る。

「わ、私が的確な指示を出し、ファクト子爵家の娘が作業していたのですが、実は療養中でして……。だから、管理は私で……」

レモラがしどろもどろに答える。

「ああ、そういえば、神童と呼ばれていた娘がいたな。最近ではめっきり名前を聞かなくなっていたから忘れていたが……。まさか、その娘がやった作業を君の名で出していたのか？」

議場の貴族たちが、ザワめいた。

レモラは焦って言い訳をする。

「その娘はファクト子爵家の特殊な修理道具が扱えるのです！　たしかに、作業はその娘がやっていましたが、私の指示と特殊な道具がなければ、あの娘は無能です‼」

議長は、言い訳がましいレモラを哀れむように一瞥した。

「まぁいい。君の言い分はわかった。しかし、療養中？　なぜ？　……ああ、婚約破棄が原因か……」

議場に呆れ返ったため息が満ちた。馬鹿なことをした、と言いたげな空気である。

「しかし、新たに婚約した者もファクト子爵家の娘ですので、ファクト子爵家の特殊な修理道具を使えます！」

ジューレ侯爵が慌てて付け足す。

「そうか！　なら、その娘にやらせればいいではないか！」

議場は一瞬にして明るい空気に包まれた。

「はい、ですので、教育までに少し時間をいただきたいのです！」

ジューレ侯爵は続ける。

「それではしかたがないな。では、見通しを後日報告するように」

そう議長は言い、一応のところ会議は終了した。

これ以上議論しても意味がないと皆が思っていたのである。

◆◆◆

レモラは、先ほどの会議で重鎮たちに詰め寄られ、憂鬱な気持ちのままジューレ侯爵家のタウンハウスに戻ってきた。

自室のドアを開けると、可愛らしく着飾ったミゼルが待っていた。

「レモラ様ぁ！　お待ちしておりました！　ミゼル、淋しかったですぅ。ミゼルはレモラ様がいないと生きていけないの」

甘ったるい声で、レモラに抱きつく。

華やかな香り、小さくやわらかな体。そして、温かい体温が、意気消沈していたレモラを包み込んだ。

（そうさ。俺がいなければ生きていけない女がいる。老害たちは俺を無能のように言うが、あ

れはジューレ侯爵家をコケにしてストレス発散しているだけだ）

ミゼルの言葉に、レモラは気分をよくする。

「やっぱり、ミゼルは可愛いな。君がいると安らぐよ。君たちを侯爵家に呼び寄せてよかった」

鼻の下を伸ばし、レモラはミゼルの頭を撫でた。するとミゼルの髪がギシリときしみ、レモラはギョッとした。ミゼルの髪はツルツルでフワフワだったはずだ。それが今では見る影もない。ルシアから奪った美容器具が壊れて使えない影響が、ミゼルにも出ているのだ。

そう思ってよく見てみると肌も荒れていて、レモラはガッカリする。

（ミゼルはこんなにブスだったか？　婚約したのは早まったかもしれないな）

そう思いつつ、平静を保つ。

ルシアがいなくなってから、ミゼルとローサはジューレ侯爵家のタウンハウスで暮らしていた。

ミゼルの婚約者教育が目的だが、ローサがひとり子爵家に残されるのは心細いと訴えて、ふたりで侯爵家へやってきたのだ。

「ミゼルも、レモラ様と一緒に暮らすことができて嬉しいです！　今日はいっぱい勉強したんです。……それで、いっぱい怒られました……。ルシアお継姉様ならもっと早く覚えたって……」

ルシアが魔導具師の仕事と学業の合間に受けていた婚約者教育を、今はミゼルが受けている。

しかし、事あるごとにルシアと比較され傷ついていた。

ミゼルが涙ぐみシュンとしてみせると、レモラはヨシヨシと頭を撫でる。

レモラはミゼルの気持ちがよくわかる。彼もまた、ルシアと比較され馬鹿にされてきたからだ。

「なんて酷いことを言うんだ！　あの女は勉強はできたかもしれないが、女としての魅力は皆無だ。君は君のペースで大丈夫だからな。俺からも教育係にひとこと言っておく」

「さすがレモラ様ですぅ。頼りになります！　大好きです！」

ミゼルはエヘヘと笑う。

「愛するレモラ様のためなら、ミゼル、なんでも頑張れます‼」

「俺は、そんなミゼルが愛おしいよ」

ふたりは夢の世界で酔っているかのようだ。

「あ！　そうだ！　今日もレモラ様の大好きなスイーツを用意したんです」

テーブルの上には、栗のケーキがたくさん用意されている。

栗のクリームの中には、甘いスポンジと、これまた甘い生クリームが入っている。

添えられているのは砂糖たっぷりのミルクティーだ。どれもレモラの大好物である。

レモラは目を細めた。

「ミゼルは俺の好みをよくわかっているな。ルシアは『ミルクティーには砂糖を入れるな、蜂蜜にしろ』だとか、『栗のケーキは月に一度にしろ』だとか、小うるさくてたまらなかった」

レモラは忌々しいものを思い出すように吐き捨てた。

甘かった空気が一瞬にして、寒々しく変わった。

「糖質が多くて太るだとか……俺に対して失礼極まりない！」

レモラは憤慨しているが、もともと彼は太っていたのだ。

それを、ここまで痩せさせたのはルシアなのだが、そのことはすっかり失念している。

ルシアを失い、自由気ままに好きなものを食べるレモラは、太り、肌も髪も傷んできていた。

「少しくらい太ってもいいじゃないですかぁ。お継姉様の作った痩せるベルトもあるんでしょ？」

ミゼルは尋ねた。彼女は最近レモラが太ってきたのが気になっていた。

自分の隣に立つ男が醜いのは恥ずかしい。できれば、以前の美しい姿に戻ってほしい。

「ああ、あの女が作った物は最近調子が悪くて使っていない」

「ええ！　使っていないのですか？」

レモラの答えに、ミゼルは焦る。

このままレモラが子供の頃のようなデブに戻るのは困るのだ。

「では、直したほうがいいのでは？」

「誰が直すんだ？」

「それは、技師？」

「ファクト子爵家の技師は直せないそうだぞ」

「え？　どうして」

レモラはチッと舌打ちをした。

「君の母親が、昔からファクト子爵家に仕えてきた者をクビにしたからだろう？」

「……だって、それは、私たちに意地悪言うから……。ミゼルたち女なのに『ファクト家を名乗るなら、魔導具の知識をつけてほしい』なんて言うのよ？　酷いでしょう？」

「事実じゃないか。ファクト子爵家なのに魔導具のひとつも直せないなんておかしいだろう。ファクト子爵家の道具があるんだ。君にもできるはずだ」

「でも、普通、貴族の女性は働いたりしないわ！　そんなの淑女として恥ずかしいことなのよ！」

「でも、ルシアはしていた。それに、ファクト子爵もいないんだぞ！　ほかに誰がやるんだ？べつに代わりのヤツがいればそれでいい」

レモラが冷たく言い、ミゼルは瞳を潤ませた。

「レモラ様、酷い……。だから代わりに、レモラ様の命令どおり、お継姉様が使っていた道具を今いるファクト子爵家の技師に使わせています。でも、直らないんですもの……」

メソメソとするミゼルを見て、レモラはげんなりとする。

さっきまでは可愛らしく見えた泣き顔も、うっとうしく思える。

「ルシアはこんなことでメソメソしなかった」

レモラの言葉に、ミゼルはバッと顔を上げた。

「お継姉様と比べるなんて酷い‼」

「しかたがないだろう？　君が婚約者になってから俺は非難されてばかりだ。婚約者なら、この時計、君がちゃんと管理しろよ！　よく止まって困るんだ！」

レモラはルシアからもらった腕時計を指さす。

「まだ、お継姉様の腕時計をつけているんですか‼　外してくださいって、ミゼル、何度もお願いしたのに……！」

「だったら、これよりいい時計をくれればいい。そうしたら、これを捨ててやる」

レモラは言い放つ。

「そんな……、それはお継姉様が作った世界でひとつしかない高機能魔導具時計なんでしょう？　予定を記憶して教えてくれる時計はほかにはないってレモラ様が言ったんじゃないですか！　なんでそんな意地悪言うんですか？」

「意地悪じゃないだろ。便利でほかに代わりがないんだ、ルシアに未練があるわけじゃない。そんなわかりきってることなのにキーキー騒ぐなよ」

「……でも……嫌なのにぃ」

「だったら代わりのものを用意しろよ」

「だから、無理です」

「ルシアは俺のために作ってくれた」

「お継姉様はおかしいわ。普通の令嬢は魔導具作りなんてしません。レモラ様だってそう言っていたでしょう？」

ミゼルは恨めしげにレモラを見た。

レモラは小さくため息をついた。

「だから、しかたがないだろ？　腕時計は代わりが見つかるまで大目に見てくれ。それと、今までルシアがしていたスケジュールの入力、それくらいは君がしてくれ」

レモラの言葉にミゼルは唇を噛む。

「そんなの、できないですぅ」

ルシアの魔導具腕時計は、スケジュールを入力すると任意の時間に教えてくれるのだ。レモラはそれに頼りきっていた。

朝の起床から、提出物の締め切り、仕事はもちろん遊びの予定まで、ルシアがレモラのスケジュールを管理し、入力していた。

しかし、ルシアがいなくなってからスケジュールを管理し、入力する人がいなくなってしまったのだ。

もちろん、初めはレモラが入力しようとした。しかしできなかった。もらったときに説明をされたのだが、どうせルシアがやるのだからと真面目に聞かなかったつけが回った。しかも、取説も見つからない。

レモラはスケジュールの入力装置をミゼルの前に置いた。実用性だけを考えられたシンプルなタイプライターのようなものだ。これで、予定を入力すると腕時計に転送される仕組みなのだ。

「これで、予定を入れておいてくれ」

「え！　ミゼル、使い方、知らないですぅ。それに、時計、止まるんですよね？　使わなくたって……」

「うるさいな。止まらないときは便利に使えるんだ。この部屋のどこかに取説があるはずだ。捜して持っていってもいいぞ」

ミゼルはレモラの部屋を見回した。

乱雑に積み重ねられている書類、本棚もグチャグチャで、引き出しはなにかが挟まったまま閉じられている。

ミゼルはゲンナリとした。

（お継姉様がいた頃はこんなに汚い部屋じゃなかったのに）

今まではレモラの部屋の整理までルシアがやっていたのだ。

「こんな汚い部屋、ミゼル、捜せません。メイドに捜させて届けてください」

ミゼルが頼むと、レモラは舌打ちをした。

「ルシアがいた頃は、部屋だっていつも綺麗だった。君は俺が来るまでこの部屋でなにをしてたんだ？　暇だったなら片付けでもしてればいいだろ？」

冷たい目線を向けられ、ミゼルは俯く。

「……だって……、そんなの、メイドの仕事です」

「あの腕時計は秘密の時計なんだ。俺の部屋にはそういう機密がいっぱいある。そんな大切なものをメイドなんかに見られたらどうする？　勝手に特許を出されたら困るだろう！　それに、あの時計の存在が世間に知られたら、俺が時計を頼りに生きてきたと思われるじゃないか！」

（事実、そうじゃない！）

ミゼルは思ったが、言い返すことはできない。

相手はやっと手に入れた侯爵子息の婚約者だ。黙っていれば、将来ミゼルは侯爵夫人になれるのだ。

（ここでレモラ様に捨てられたら、しがない子爵家の継子に逆戻りよ）

ミゼルはそう思い我慢する。

「じゃ、よろしくな。俺は少し用事がある」

「なんの用事ですか？　今日はミゼルとお茶を楽しむって約束したじゃありませんか！」

「ああ、だから、それは今終わっただろ？　応接室に客人がやってくる予定なんだ。なにやら、相談があるそうで」

レモラはまんざらではない顔で笑う。

ミゼルはピンときた。

レモラがルシアと婚約破棄をしてから、レモラに言い寄ってきている男爵令嬢がいるのだ。

「まさか、男爵令嬢ですか？」

「ん？　ああ」

「男女がふたりきりで会うなんておかしいです‼」

「向こうも侍女を連れてくるし、俺も侍従を連れていく。君は侯爵家で婚約者教育を受けている身だ。ドンと構えて、嫉妬などするなよ」

レモラは軽く笑うと部屋を出ていってしまった。

残されたのは、甘ったるいミルクティーの香りと、食べ尽くされた栗のケーキ。

ミゼルは押しつけられた魔導具のタイプライターを、力任せにテーブルへ打ちつけた。

（レモラ様の馬鹿‼）

ルシアがいる頃は、欲しくてたまらなかったレモラだが、今は魅力が半減して見える。

自分の管理もできず、だらしない。自分のことは棚に上げ、人に平気で説教をする。自己中心で他責思考だ。

（こんな人だと思わなかった……）

ミゼルは唇を噛みしめた。

ルシアと一緒にいた頃のレモラは魅力的だった。サラサラとした髪はいぶし銀のようで落ち着いてみえた。仕事も勉強もでき、周囲から頼りにされていた。だから、自分のものにしたいと思った。

姉というだけで、レモラの婚約者になったルシアがズルいと思った。

（それに、レモラ様だけはわかってくれたの。お継姉様と比較されるつらさを……）

ミゼルは、レモラに慰められたのだ。ルシアと比較される悲しみを共有できる唯一の人だった。

タイプライターに涙がひと粒落ちる。

（取説も見つけなきゃならないし……、見つけたって、ミゼルにできるとも思えない）

ミゼルは悲しかった。

ルシアの魔導具はミゼルも持っていた。正確に言えば駄々をこねて奪ったものだ。美顔ローラーなどの美容機器だが、それも最近調子が悪くなり、取説を見たばかりだったのだ。

しかし、ミゼルにも母ローサにもよくわからなかった。

使用人に修理を任せたが、ルシアがいた頃と同じようには戻らなかった。たしかに動くようにはなったのだが、効果が弱まった気がするのだ。

（でも、やらなきゃ捨てられちゃう。お継姉様のように……）

簡単に捨てられたルシアを思い出し、ミゼルはゾッとした。

今日、相談に来ている男爵令嬢は、魔導具の販売などを手がける家門で金持ちだ。

ジューレ侯爵家にしてみると悪い相手ではない。

（でも、今のファクト子爵家はどう？　誰も魔導具の管理ができない……お継姉様……ううん、せめて、お継父《とう》様が戻ってきてくれたら……）

ミゼルは思いギュッとタイプライターを抱きしめた。

◆◆◆

王宮の会議で上位貴族たちに叱責されてから、一ヶ月後。レモラは今、ジューレ侯爵家の領地にいた。

ルシアを捨てた魔晶石鉱山のある地域である。

ルシアがいなくなってから、ジューレ侯爵家は窮地に立たされていた。

鉱山の坑道が崩落し、魔晶石の採掘ができなくなってしまったのだ。

ジューレ侯爵家の権威は、魔晶石によって保たれている。それがなくなるとあっては、死活問題なのだ。

坑道が崩落してからは、ドワーフの姫を人質にして酷使していたドワーフやカーバンクルたちも姿を見せなくなった。崩落に巻き込まれ死んでしまったのだろうと、現地の役人はジューレ家に伝えた。なにしろドワーフの姫を監禁していた場所には近づくこともできないのだ。

とりあえずは、坑道を掘り直すことになったのだが、ファクト子爵が作った魔導具掘削機が壊れてしまった。ファクト子爵が行方不明になってから、管理をおろそかにしてきたのが原因だった。

そこで、レモラは現場の指示を任され、ここまで来たのだった。坑道が崩落してからすでに二ヶ月経っていた。

ジューレ侯爵家の領民は、レモラの到着を初めのうちは喜んだ。

しかし、魔導具をなにひとつ直せないうえに、具体的な改善策は出せず、仕事の優先順位もわからない。そのうえ、指示は不明瞭だ。

不機嫌をまき散らし、周囲に当たっては、田舎の不便さを嘆き、労働者を馬鹿にする。

領民の心はあっという間に離れてしまい、レモラは孤立してしまった。

「くっそ！　反抗的な愚民どもめ‼　粗悪品の魔晶石ばかり渡しやがって、だから掘削機が直らないんだ‼」

レモラは悪態をつきつつ、交換したばかりの魔晶石を機械から取り出しボダ山に投げ捨てた。

貴重な魔晶石をボダ山に捨てるなど普通では考えられないが、レモラの無知と傲慢さがそうさせる。

夕日がどんどん傾いてくる。荒々しい鉱山は不気味な影を落としていて、レモラはぞっとした。

「さっさと直して王都へ帰りたいのに！　クソ！　クソ‼」

レモラは荒れていた。

掘削機の故障は魔晶石が原因ではないのだが、レモラはろくに調べもせず、魔晶石の交換を繰り返すばかりだ。

ボダ山に捨てられた新品同様の魔晶石は、むなしく魔力をはなっていた。

「こんなときルシアがいてくれたら」

レモラは思う。

ルシアなら魔導具も簡単に直したうえで、レモラの手柄にしてくれる。

それに、ルシアは平民の相手もうまい。ルシアが頼めば、平民も言うことを聞くに違いないのだ。

「カイルとかいう平民にも好かれていたからな」

レモラは憎々しげに呟き、ハタとひらめく。

「そうだ。なんで俺は気がつかなかったんだ！　先にルシアを捜しに行けばよかったんだ‼」

レモラが領地の田舎へ派遣された理由のひとつに、ルシアの奪還がある。

最近、シグラ王国に天才魔導具師の少女が突如現れたと噂になっていた。シグラ王国は、魔導具が普及していない国にもかかわらず、特殊な商売方法で人気を集めているらしい。

その優秀さはヒベルヌス王国にも噂が伝わってくるほどだった。噂を聞いて、ヒベルヌス王国の人々はルシアを思い浮かべた。そんなことができる少女はルシアだけだからだ。

ローサは、死んだと思っていたルシアが幸せに生きていたことを知り憤った。しかし、ヒベルヌス王国の人々は、ルシアが隣国へ行ってしまったことを嘆き悲しんだ。

そして、その話はヒベルヌス国王の耳にも入った。療養中だと聞いていた天才魔導具師一族の娘が、隣国で暮らしているというではないか。国王は不快を露わにした。

婚約破棄によって貴重な人材を国外へ逃がしてしまったことについて、ジューレ侯爵家は責任を問われたのだ。

そこで、慌ててルシアを呼び戻そうと、彼女を捨てた領地までやってきたのだ。ここが、ルシアが住むと噂の村に一番近い関所があるからだった。

レモラは立ち上がると、持っていた工具をボダ山へ投げた。魔晶石に工具がぶつかり、石が割れる。

しかし、レモラは気づかない。

「ルシアがしぶとく生きていてくれて助かったよ。可愛げがないところが玉に瑕だったが、使える女だからな。しかたない。迎えに行ってやるか。俺が迎えに行けば尻尾を振って帰ってくるさ」

ウキウキとした様子で、レモラはその場を離れた。

ひとけのないボダ山からブスブスと煙が立ちのぼる。魔晶石と魔晶石の魔力が反応し合い、自然発火が起こったのだ。

暮れなずむ夕日の中、不穏な煙は静かに空へ昇っていった。

◆　◆　◆

その日の夜更け、人々が寝静まった頃、カンカンと鐘を打ち鳴らす音が響いてきた。

ジューレ侯爵家の鉱山にあるカントリーハウスの明かりが次々に灯っていく。

「お坊ちゃま、起きてください‼」

ジューレ侯爵家のカントリーハウスを取り仕切るメイド長が、レモラの部屋のドアを叩いた。

反応がないため、部屋に入る。

レモラは布団を頭からすっぽりとかぶり、ベッドから出る気はなさそうだった。

メイド長は大きくため息をついた。彼女は六十代の女性だ。若い頃からこのカントリーハウスで仕えており、ジューレ侯爵家の先代も、現当主もよく知っている。

だからこそ、こんな男が次期当主かと思うと、ガッカリする。

学園に入学し期待できる跡継ぎになったと聞いていた。魔導具の技術を磨き、次々に難しい魔導具を直すのだという噂は嘘だったのか、実際に領地での姿を見ると、ただのぼんくらである。

「起きてくださいまし！　お坊ちゃま‼」

「……うるさいぞ」

「火事でございます！　山火事でございます‼　このままでは焼け死んでしまいますよ‼」

メイド長が声を張りあげると、レモラは布団をはねのけた。

「馬鹿‼　それを早く言え‼」

メイド長はカチンとしながらも、表情は崩さない。

「早く着替えを用意しろ！　なんで持ってきてないんだ‼」

「着替えてる暇などありません！　領主代理として、消火の指示をしてください！」

「はっ？　俺が⁉」

「ほかにどなたがいらっしゃいます！」

レモラは血の気が引いた。

「そんなこと……、できるわけがないだろう‼」

そう怒鳴ると、ガウンを羽織り、部屋から逃げ出していく。

「お坊ちゃま‼　ご指示を！」

「指示は……指示は……！　そうだ！　代理の代理をお前に任せる！」

「はい⁉　わたくしですか⁇　たかだかメイド長の言うことを、鉱山の男たちが聞くわけなどございません。そもそも、ほかに適任者がいるではありませんか！」

「じゃ、ソイツに頼め！　俺からの命令だと言え！　わかったな‼」

メイド長は、適任者を選ぶことすらできないレモラに失望した。

「わかりましたっ！」

吐き捨てるように答えると、メイド長はきびすを返した。

「おい！　どこに行く‼」

「お坊ちゃまの命令を伝えに行くのです」

「そんなことより、次期当主の身を守るほうが大切だろう‼　安全な道を教えろ‼　俺の命を守れ‼」

「次期当主であれば、避難通路は当然ご存じかと？」

メイド長は冷たい目でレモラに言うと、これ以上時間を無駄にできないと駆けだしていった。

「っ！　チッ！　だから田舎者は嫌なんだ‼　王都へ帰ったら父上に言ってクビにしてやるからな‼　覚えてろよ‼」

レモラはそう喚くが、メイド長はもう振り返らなかった。

「生意気な女め‼　少しばかり仕事ができると、女はすぐに増長する‼」

レモラはルシアを思い出し、吐き捨てた。

ひとり取り残された廊下から窓の外を見る。山が赤く燃えている。風が渦を巻き、炎がマグマのように押し寄せてくる。

レモラはそのおぞましさに、体中が震え上がった。そして、なけなしの記憶をたどり、屋敷から逃げ出した。

自分のすべき責務をすべて放棄して。

6．カーバンクルの遭難声

ルシアは工作室で、カイルと一緒に依頼品の修理に精を出していた。

すると、足下にいたバンクが突如立ち上がり、窓へと駆け上がった。

そして、かん高い声で鳴く。

「どうしたの？　バンク」

ルシアが尋ねると、バンクが必死の形相で訴える。

それをウルカヌスが通訳した。

《どうやら、ヒベルヌス王国で山火事らしい。鉱山のカーバンクルたちが遭難声《ディストレスコール》をあげている》

「ヒベルヌス王国で山火事ですって！」

ルシアはカイルに告げ、慌てて窓から鉱山を見た。

すると、ヒベルヌス王国のほうから、煙がのぼっているのが見える。まだ、火の手は見えないが時間の問題だろう。

カイルは皮エプロンを外し、慌てて外へ飛び出した。庭につないであった馬に乗る。

「ルシアは逃げて！　僕は自警団に知らせて、領主様へ助けを求めてくる！」

カイルはそう言うと馬に乗って駆けだしていった。

ルシアはギュッと唇を噛みしめる。

「……あれって、ジューレ侯爵家のボダ山から火が出たのよね？」

《まぁ、そうだろうな》

ウルカヌスが興味なさそうに答える。

ルシアは悲痛な面持ちで瞼を閉じた。脳裏には、追放された日の鉱山の様子がよみがえってくる。隣国側近くに、乱雑に積み上げられたボダ山。あまりに管理が杜撰だったボダ山を見て、崩れるのではないかと案じていた。現実はそれ以上に悪く、山火事となってしまった。

「私、なにかが起こるかもしれないって、心のどこかで思ってたのに見逃してた」

《お主がどうこう言ってもどうなる問題でもあるまい》

ウルカヌスは笑う。

「でも！　私ひとり逃げるなんてできないわ」

ルシアは魔導具のスプリンクラーを取り出した。

「ニィ！　これを工房の屋根に設置して！　ホースにつないで」

「うん！」

「バンク！　逃げ場のないカーバンクルへ、工房へ来るように遭難声で呼びかけてくれる？」

「キィ‼」

ルシアはそう頼むと皮エプロンを脱ぎ、動きやすい格好に着替える。

髪は小さくまとめ、帽子をかぶる。

「ルシア！　どこ行くの？」

「私は万屋に行ってくる！」

ルシアはそう告げると、工房を飛び出していった。


ルシアは万屋のドアを叩く。

すると、すぐに主人が出てきた。主人も消火活動に行こうとしたようだ。

「おじさん！　荷車を貸してください‼」

ルシアが言う。

「今は忙しい！　お嬢ちゃんも逃げないと！」

「私も消火に行きたいんです‼　私の工房の魔導具を運んでください！」

ルシアが申し出ると、万屋の主人はハッとして頷く。

「そりゃ助かる！　おおい‼　荷馬車を出してくれ‼」

「もし、在庫があったら、斧《おの》とか、木を切るものを！　あと、水を入れられる袋！　リュックとか背負えるものがあると助かります」

「ああ！」

万屋の主人は荷馬車に斧や、のこぎり、リュックサックや袋を詰め込み、ルシアを乗せ工房へと向かう。

ルシアは荷馬車に使えそうな物をありったけ載せた。

大小の魔導具ポンプに空飛ぶ魔導具、太く長いホースと大きな樽《たる》だ。

工房の屋根で遭難声をあげていたバンクが駆け下りてきて、ルシアの肩に乗る。

「ルシア‼　オイラも行くよ‼」

「ニィは工房を守って！　大事な道具がいっぱいあるから！」

ルシアがそう頼むと、ニィは悔しそうな顔をしながら頷いた。

「……わかった‼　絶対絶対守る‼」

「でも忘れないで。ニィの安全が優先だからね！　絶対守らなきゃならない道具なんてないんだから！」

ルシアが慌てて注意すると、ニィはへニャリと笑った。

「うん！　屋敷のことは屋敷妖精に任せて、ルシアは行って‼」

ルシアは頷くと馬車に乗り込む。

ルシアは馬車の中で、即席の背負式消火水《せおいしきしょうかすい》のうを作った。革袋にホースをつなぎ魔導具の高性能ハンドポンプをつけ、リュックサックへ入れる。

空飛ぶ魔導具には大きな樽をくくりつけた。

万屋の主人とルシアは、自警団たちが集まる山火事の最前線へやってきた。

「バンクは逃げ遅れたカーバンクルたちを誘導して！」

ルシアが頼むと、カーバンクルは頷き森の中に消えていった。

「切れる木は切れ‼」

先頭で指揮を執っているのはカイルである。

領主と面識があると言っていたカイルだが、それは本当だったようでシグラ王国の騎士たちにも指示を出している。

騎士たちは反抗するでもなく、素直にカイルの指示に従い消火活動をしていた。

（やっぱり、カイルって平民じゃないんだわ）

ルシアは思ったが、緊急事態だ。山火事の消火作業に意識を向けた。

王国の騎士たちは、カイルと同じように魔法が使える。水属性の魔法を持つ者が中心となり消火しているが、それだけでは限界があった。

自警団たちは、近くの防火水槽から水をくみ出し、消火活動に当たっていた。鉄鉱山だったなごりで、防火水槽や手こぎの汲《く》み上げ機、ホースなど基本的な防火設備はあったのだ。

「すみません！　これを使ってください‼」

ルシアが叫ぶと、カイルが慌ててやってきた。

「それは？」

「即席で作った、消火水のうです。魔晶石の力で少ない水を増幅させます。高性能の自動ポンプなので水力が強いんです」

ルシアが説明すると、カイルが騎士団を呼び集める。

「水属性以外の騎士団員は消火水のうを背負い、前線へ。自警団は後方支援で水を集めてください！」

騎士団も自警団も頷く。

「木を切っている人たちにはこれを！　斧の力が倍増します」

ルシアはそう言って、魔導具の手袋を配った。

騎士団のひとりが配られた手袋をはめ、斧を握った。手試しとでもいうように、近場の若い木に斧を振る。たったふた振りで木が倒れ、どよめきが起きる。

「おお、これはすごい‼」

「しかも、疲れない！」

貯水槽に大きなホースをつなぎルシアの持ってきた自動ポンプをつける。

「火点は前方、水利は右側後方防火水槽、魔導具ホースを延長、定位につけ！」

カイルの号令に、水属性を持たない騎士団員たちが応じる。

水属性の騎士たちは周囲に水をまき続けている。

騎士団員たちは準備が整うと、目配せをして次の指示を待つ。

「操作始め」

「おう‼」

魔導具ホースから大量の水が噴き出す。

騎士団員たちは暴れるホースを押さえながら必死に放水する。

「風属性の者はできるだけ熱風を抑えろ！　できれば散水を広範囲に広げろ！」

カイルが的確な指示を出し、自警団は後方支援する。

ルシアは魔導具を飛ばし、空から消火する。樽いっぱいに水を掬《すく》い上げ、上空から散水するのだ。

カイルはルシアに熱風が届かないよう空気のバリアを張った。

そして、樽の水が落ちる瞬間、風魔法を使って広範囲にまき散らす。

「カイル……！　こんなふうに風属性の魔法が使えるんだ！　すごい‼」

ルシアは驚くが、カイルにはその声が届かなかった。

魔導具をコントロールしながら、ルシアはびしょ濡れになる。

《これは、濡れるな。儂は水に弱いんだ。しかも、煙い、埃がすごい》

ウルカヌスは不満そうに、咳《せ》き込んだ。

《まったく、儂が万全だったなら、この程度の火など……！》

ウルカヌスのぼやきをルシアは聞こえないふりをして、消火に励む。

そうして、夜が明ける頃、セファ領側の山火事は鎮火した。

しかし、ジューレ領側の山火事は収まらない。しかも、風向きがジューレ領向きということもあって、恐ろしい勢いで延焼していく。

カイルたちは、ジューレ領とセファ領の境の木を切り、セファ領側に放水を続ける。再度延焼させないために必死なのだ。とても、他国の火事の消火に手を貸す余裕はない。

ルシアはジューレ領に向かって駆けだそうとした。追放の旅の途中で見かけた鉱山の村が心配だったのだ。怪我人や痩せ細った人が多く活気がなかった村だけに、山火事となったらひとたまりもないだろう。

しかし、体力が限界で思わずふらつく。

カイルがルシアを背中から抱き留めた。

「ダメだ！　ルシア‼　今、戻ったらまた侯爵家に捕まるよ！」

カイルに言われて、ルシアはハッとした。

ただでさえ、虐げられてきたのだ。そのうえ、ジューレ侯爵家が捕らえていたドワーフの姫を救い出したことを知られたら、なにをされるかわからない。

「でもっ‼」

ルシアはカイルの腕から逃れようとする。

しかし、もう力が入らない。

「僕らは他国の者だ。頼まれてもいないのによその国のことに手を出すことはできないよ。なにかあったら国際問題だ。向こうにだって、指揮官はいるだろう。それに、ジューレ領からの火災だ」

（そう、こちらが被害を受けたんだもの。向こうからなにか言ってくるのが筋だわ。カイルの言うことが正しい。わかってる、わかってるけど！）

カイルの正論が理屈ではわかっても、目の前の惨状になにかできることはあるはずだと、ルシアの心は乱れてしまう。

「……でもっ！　見捨てるなんて」

カイルは、泣きだしそうなルシアを放すまいとギュッと抱きしめた。

「捕まったら、最悪この火事の責任も負わされ、処刑されるかもしれない。そんなの僕には耐えられない‼　お願いルシア、行かないで‼」

カイルの悲痛な叫びに、ルシアは息を呑んだ。

（カイルがこんなに私のことを心配してくれるなんて。でも）

嬉しさと切なさと、火を消さなければという責任感で、心の中はぐちゃぐちゃだ。

ウルカヌスはひとつ咳払いをした。

《ルシア、神もすべては守れない。ならば、過去よりも未来を選べ。もうジューレに縛られる

のはやめろ。自分のために生きよ》

ウルカヌスは、まるで神からのお告げのように威厳ある声で言った。

ルシアは金縛りに遭ったように動けない。

(過去より未来……。自分のために……？)

パチパチと木々の爆《は》ぜる音、ゴウゴウと熱風が喚き、まるで山が悲鳴をあげているようだ。

「ああ、ジューレ領が燃えていくわ……」

鼻につく匂いがあたりに満ちる。黒煙が朝日を穢《けが》していく。

悄然《しょうぜん》とするルシアの目を、カイルは手で覆った。

「ルシア、ごめん。ごめんね。行かせてあげられなくて、ごめん。すべて僕のせいにして。僕を恨んでもいい。でも、君を行かせられない。君を失いたくないんだ」

カイルの言葉にルシアは頭を振った。

(私のためにカイルを謝らせたくない)

ルシアは切なく思う。正しいのはカイルだ。無理を通そうとしているのはルシアのほうなのだから。

「ううん。カイルが正しいの。それに、私のためを思って言ってくれたんだもの……」

答えつつも涙が零れた。

カイルは無言で、ルシアを強く抱きしめた。

背中から感じるカイルの力強さに安心し、ルシアは静かに目を閉じた。

瞼の裏が炎が焼きついたように赤い。

ルシアはそのまま気を失った。


ルシアが目を覚ますと、そこは見慣れた魔導具工房の寝室だった。

ふと横を見ると、カイルが床に膝立ちになりベッドに頭をのせ眠っている。

どうやらルシアを見守っていてくれたようだ。

窓から漏れる光がカイルの髪を照らしてチラチラと光る。

ルシアは思わず手を伸ばし、カイルの髪を梳《す》いた。

「……ん」

カイルは顔を上げボンヤリとした面持ちで、ルシアを見た。

ジワジワと瞼が上がっていく。それに数秒遅れ、口の端も上がっていく。

「……！　ルシア！　目が覚めた？」

カイルの声がかすれている。

「うん」

ルシアの声もかすれている。山火事の煙を吸ったせいだろう。

「よかった……」

カイルは安堵のため息交じりに呟くと、床にへたり込みベッドに頭を預けた。

「本当によかった……」

そう呟く肩が震えている。

その姿を見ただけで、どれだけ心配していたのかがわかり、ルシアの胸は苦しくなった。

嬉しくて鼻の奥がツンとする。

「ありがとう」

ルシアは礼を言い、カイルの頭を撫でた。

「カイルが呼び止めてくれたから、つなぎ止めてくれたから、私、ここにいられるわ」

ルシアの言葉に、カイルはそろそろと顔を上げた。その目にはうっすらと水の膜が張っている。

「ルシア」

「ありがとう、カイル」

ルシアが改めて感謝の気持ちを伝えると、カイルはヘニャリと笑って立ち上がった。

そして、ルシアを抱きしめる。

ルシアはその背中をトントンと叩き、カイルの抱擁を受け入れる。

（カイルの腕の中は安心するわ……）

ルシアはうっとりと目を閉じた。

「あー‼　ルシア！　目が覚めた‼　カイル！　どうして教えないのー‼」

声を荒らげるのはニィである。

「キキキー‼」

バンクも不満そうに鳴いた。ドアの向こうではたくさんのカーバンクルがこちらを覗き込んでいる。山から避難してきたのだろう。

「ごめん、嬉しくって」

カイルが謝る。

「オイラたちだって、ルシアが気がつくの待ってたんだから！　あ、待って、すぐ蜂蜜レモン持ってくるね！」

ニィは急いでキッチンへ戻る。

するとバンクが走り寄ってきて、ルシアの肩に乗った。ほかのカーバンクルもつられるようにベッドやルシア、カイルの上に乗ってくる。

部屋中カーバンクルまみれだ。

「もー‼　なにやってるの‼」

温かい蜂蜜レモンが入ったカップをふたつ持ったニィが部屋の惨状を見て怒る。

「ほら、どいて！　病人なんだからね‼」

プリプリとニィが叱ると、カーバンクルたちは散っていく。あとにはカーバンクルがいたところにひとつずつ魔晶石が残されていた。

「キィキィ」

バンクが鳴いて説明する。

しかし、ウルカヌスは通訳しない。

「もしかして、お礼？」

ルシアが聞くと、バンクがコクコクと頷いた。

「こんなにたくさん？」

「キィ！」

バンクは当然だと言わんがばかりに胸を張った。

しかし、ルシアは困ってしまう。

「ウルちゃん、どうしたらいいかしら？」

ルシアの問いかけに、ウルカヌスは咳き込んで答えた。

《一宿一飯の恩を返すのだ。もらっておけ。……人ならざるものの、恩を……無下に扱……う、と怖いことに……なるぞ》

途切れ途切れの声に、ルシアは不安になった。

「どうしたの？　ウルちゃん」

《儂は……調子が、悪い……のだ。水浸しになる……わ、埃まみれ……になるわ……。早く、

元気に……なって、儂を……直せよ、ルシア》

ウルカヌスの言葉に、ルシアは慌ててペンダントを両手で包み込む。

「うん。ごめんね、ウルちゃん。無理させて」

思わず涙が零れ、ペンダントに落ちた。

《お主の涙は……しみ入るのだ……》

ウルカヌスに言われ、ルシアはペンダントを慌ててパジャマで拭いた。

《儂の……ことは、いい、早く……ニィの、蜂……レモンを飲め……》

ウルカヌスにそう言われ、ルシアは頷いた。

「ニィ、蜂蜜レモンちょうだい？」

「はい、ルシア。カイルもどうぞ」

ニィは蜂蜜レモンをふたりに配る。

ルシアは両手でカップを持って、蜂蜜レモンを味わった。煙で荒れた喉に少ししみる。しかし、温かくておいしくてホッとする。

カイルも落ち着いたようにため息をついた。

「「おいしい……」」

ふたりで同時に漏らし、思わず顔を見合わせる。

そして笑う。

それを見て、ニィは安心したように笑った。

「お風呂沸かしてあるよ、ルシア。落ち着いたら入って。ごはんにしよう。カイルもごはん食べてくでしょ?」

ニィが甲斐甲斐しく世話を焼く。

「キィキィ」

「わかったって、カーバンクルたちの分も用意するよ」

バンクにせっつかれ、ニィが答える。

「あーもう！　忙しい！　魔晶石はちゃんと箱に入れてよね！」

ニィがバンクに言えば、バンクは気まずそうに耳を垂らして、魔晶石を拾いはじめた。

なんでもない日常が温かく、ルシアはとても幸せな気持ちになる。

カイルは幸せそうなルシアを見て、自分の心が温まっていくのを感じていた。

そして、この幸せを守るためには、すべきことがあると思った。

◆◆◆

山火事が鎮火してから一週間後、カイルはシグラ王国の王宮にやってきていた。

久々に父に会うためだ。

王族らしい正装で歩くカイルは珍しい。すれ違う人々が目を見張り、惚れ惚れとしてため息をつく。

王宮に住んでいた頃のカイルは、格式張った格好は避けてきた。政争に巻き込まれることを嫌い、無害だと思われるよう振る舞ってきたからだ。

「おや、久々だね。カイル」

廊下の向こうからやってきたのは、第一王子ナタンだ。オレンジよりの金髪は短く刈られている。琥珀色の瞳は好戦的だ。鍛えられた体は堂々としていた。

正妃の息子で、現在王位継承権第一位の王子である。カイルにとっては腹違いの兄にあたる。

カイルは頭を下げ、挨拶をする。

「お久しぶりです。兄上」

「久々すぎて誰だかわからなかったよ。ま。どうせすぐ逃げ出すんだろうから、顔を覚えておく必要はないだろうけど」

あざ笑うようにナタンが言う。

ナタンは人を見くだす癖があり、平民たちの心を掴めていなかった。

無言で頭を下げ続けるカイルを見て、ナタンは気をよくしたようだった。

「そういえば、下賤《げせん》の魔導具師を囲ってるらしいな」

カイルの眉がピクリと動く。下賤の魔導具師とはルシアを指しているのだ。

「囲っているわけではありません」

頭を下げたまま低い声で答える。

「自分の家を与え住まわせて、なにが違うのか。実力もない女だとオレの魔導具師から聞いたぞ。それなのに、店まで出してやって、カイルの名があるから、店の評判が上がっているのだと」

ナタンは聞くに堪えない言葉で煽る。

カイルは唇を噛み憤る。

「一応、オレのサインが入ったカードを渡したそうだが、それは副団長の独断だそうだ。女の姿に目が眩《くら》んだのだろうと魔導具師は言っていた。お前だって、遊び相手として置いているんだろ？　それほどの女なら少し見てみたい気もするが、平民では話にならないな」

どうやら、ナタンの魔導具師は、ルシアについて虚偽の報告をしたようだ。

カイルは苛立《いらだ》った。

「彼女はそんなんじゃない」

「隠さなくてもいいさ。オレだってわかる。遊び用の女も必要だ。それとも、本気だとでも言うのか？」

ナタンは鼻で笑う。

「平民なら王族の側妃にもなれない。下手に夢を持たせるなよ。まぁ、飽きたらオレがもらってやるよ。少しはなにかに使えるだろう」

カイルはギュッと拳を握りしめた。自分のことを馬鹿にするのは耐えられる。しかし、愛するルシアを貶《おとし》める言い方は許しがたかった。

手のひらに爪が食い込み、体全体からは不穏なオーラが立ちのぼる。それなりにオーラが見える人間なら、カイルの隠しきれない憤怒のオーラに驚いたはずだ。

「……冗談は、おやめください」

しかし、ナタンはヘラヘラと続けた。

「まぁ、お前が平民に落ちればいいだけか。今だって、王族の責務を果たしているわけじゃないからお似合いだな」

ナタンはあざ笑いながら、ヒラヒラと手を振って歩き去る。

カイルはナタンの気配が消えたところで、拳を開いた。

（やっぱり、王宮はイヤなところだ）

カイルはうんざりした気持ちになる。しかし、ナタンの言うことは、間違ってはいなかった。

（僕がこのまま自分の身分を偽り暮らしていたら、ルシアを傷つけることになる。僕が王子である限り、平民のルシアとは結婚できないだろう。でも、僕が平民に下ったら、ルシアの安全は保証できない。あれだけ能力のある女性だ。兄上以外の者もルシアを欲しがるに違いないから）

カイルはそう思うと、大きく息を吐いた。

（だから、今までのように王族の責務から逃げるだけではダメなんだ）

カイルは決心すると、キリリと前を向き、一歩踏み出した。

そこへ、顎髭のある男がやってきた。以前ルシアの魔導具工房へカラクリ箱を持ってやってきた男だ。

「第三騎士団副団長」

カイルが声をかけると、第三騎士団副団長はにこやかに頷いた。

シグラ王国第三騎士団は王族の警護を任されているのだ。

「よく我慢なさいました。カイル殿下」

カイルは小さく笑う。

「副団長はルシアの魔導具工房へ行ったんだってね。ルシアから聞いたよ」

「はい。第一王子殿下の専属魔導具師を護衛するよう命じられ、同行いたしました」

「そう。君もルシアを実力のない魔導具師だと思った？」

「私は魔導具のことは詳しくないので、殿下への報告は専属魔導具師がおこないました。が、専属魔導具師は虚偽の報告をしたようですね」

副団長はナタンが消えた廊下の先を見た。

「彼女はたぐいまれなる才能の持ち主です」

副団長が言い、カイルはなんとも複雑な気分になる。

ルシアの能力が認められていたことは嬉しいが、副団長がルシアに目が眩《くら》んだとナタンが馬鹿にしていたからだ。

カイルが無言で副団長を見ると、副団長は肩をすくめた。

「第一王子殿下のお言葉をそのまま真に受けていらっしゃるのですか？」

「いや、そうではないけれど。ルシアは可愛いからね」

副団長は破顔する。

「いやはや、カイル殿下がそう思われるように、私も我が妻をそう思っておりますよ」

副団長の言葉に、カイルはうっすらと頬を染めた。

「失礼だった、少し、妬《や》けてしまった」

カイルが素直に詫びると、副団長は愉快げに答える。

「若者の青春は見ていて楽しいものです」

副団長はそう言うと、カイルに歩みを進める。

そして、小声で耳打ちした。

「第一王子殿下は、ご自身にとって都合のいい話しか聞き入れられません。私の声など届かないのですよ」

カイルは思わず顔を上げた。

「では、私は持ち場に戻ります」

副団長は少し淋しげな顔をして、廊下の先へ戻っていった。

カイルは大きく深呼吸をする。

そして大きく一歩踏み出した。父のもとへ向かうのだ。


カイルはシグラ国王の執務室にやってきた。ドアの前の護衛がカイルを確認しドアを開ける。

中では、カイルの父シグラ国王が待っていた。

「久しぶりだな。カイル。話はセファ辺境伯から聞いている」

「ご無沙汰しております。父上」

カイルは父に頭を下げた。

父といえども、親子らしい思い出があるわけではない。カイルの母は側妃であり、正妃の陰に隠れていたからだ。

しかも、体の弱い母はカイルが生まれてからは、彼とともにセファ領で暮らしており、カイルは父と疎遠だった。母が亡くなってから、王宮に呼び戻されはしたものの、ほかの妻子がいる父に甘えようとは思えなかった。

「お前から私に会いたいとは珍しいこともあったものだ。さあ、席に着け」

シグラ国王は笑った。

カイルは言われるがまま、席に着く。テーブルには温かいお茶と、たくさんの茶菓子が用意された。

（嫌われてはいない。たぶん、愛されているのだろう。でも、父という実感がない）

カイルは思う。

王宮で暮らしていたときも、月に一度はカイルを呼び寄せお茶の時間を過ごした。側妃の子であり王位継承順位が低いカイルだったが、だからといって衣食住で差別をされたこともなく、望むことをさせてくれる。

シグラ王国ではあまり価値を見いだされていない魔導具収集も、ヒベルヌス王国への留学も反対されなかった。

カイルは感謝していたが、どうしても父というより、王として見てしまうのだ。

「過分なご配慮ありがとうございます」

カイルが礼を言うと、シグラ国王は困ったように微笑んだ。

「今はプライベートだ、楽にするといい」

親子というにはぎこちない距離感の息子へうながしてはみるが、だからといっていきなり親密になれるはずもなかった。

「ありがとうございます」

シグラ国王がカップを持ったのを見て、カイルもカップに口をつける。

「辺境伯から聞いた。このたびの山火事では大活躍だったそうだな」

「周囲の協力があり事なきを得ることができました」

カイルは顔を上げ、父にいきさつを説明する。

シグラ国王はカイルの話を満足げに聞いた。理路整然《りろせいぜん》としたわかりやすい説明は、辺境伯から届けられた報告書と比べても遜色はない。

（あの報告書も、もしかしたらカイルが作ったのかもしれんな）

シグラ国王は思う。

カイルは、山火事の事後処理計画を立案し、提出していた。

「事後処理計画も目を通した。ジューレ領とのあいだに防火帯となる公園をつくるのはいいアイデアだ。現在のジューレ領では、今後またいつ同じことが起こるかわからないからな」

シグラ国王の言葉に、カイルはコクリと頷く。

シグラ国王は知らぬ間に大人になったカイルを頼もしく感じた。そして続ける。

「もちろんこちらから再発防止を申し入れはするが、他国のことだ。我が国で直接なにかすることはできない。しかし、そのために魔導具の普及というのは話が飛躍しすぎではないか？我々には魔法がある」

「しかし、魔法は使える者が限られています。そして、その者にだけ負担が多くかかる。魔導具があれば分担できるのです。それに、今回の山火事の被害があの程度で抑えられたのは、魔導具の力があったからです」

「ああ、空飛ぶ魔導具か。あれは、見たことも聞いたこともない魔導具だったな」

「熱に反応し水をまく魔導具もあるそうです。それを防火帯の公園に配置できれば、山火事の被害も最小限に抑えられるでしょう。水属性の騎士たちの見回り回数も減らすことができます」

シグラ国王は頷いた。

「たしかにそうだな。魔導具普及の大切さはよくわかった。しかし、どのようにするのだ。我が国には魔導具に通じた貴族はいない」

「僕がいます」

カイルが真剣な眼差しで答え、シグラ国王は驚き目を見開いた。

なぜなら、カイルは今まで宮廷の仕事に興味を示していなかったからだ。宮廷に興味がないにもかかわらず、カイルには隠しきれない能力があった。そのため、シグラ国王はカイルに、できるならば王族としての責務を果たしてほしいと願っていたのだ。

しかし、本人はノラリクラリとかわしていたため、半ば諦めていたのである。

（やっと、カイルもやる気を起こしたか）

シグラ国王は嬉しくなった。

「そうか、カイルがやってくれるか。お前は王家の名が重荷なのだと思っていたよ」

そう言う父を、息子は真っ直ぐに見つめた。

「やりたいこと、守りたい者ができたのです」

「……ルシアという魔導具師か？」

父からルシアの名前が出て、カイルは驚き動揺した。

「どうして……それを……」

「私はお前のことが気にかかるのだよ。だから、少し調べさせてもらった」

カイルは気まずく俯いた。

「よい娘ではないか。ドワーフの姫もべた褒めだった。彼女があれほど人間を褒めることはない。しかも、カーバンクルまで懐いているのだろう？」

シグラ国王に言われ、カイルは顔を上げた。

「たしかに、あの聖獣は気に入った相手のためならば、宝石の採取を手伝ってくれる。しかし、ドワーフのような妖精ならともかく、人間がそこまで懐かれるのはまれだと聞く。魔導具のことは詳しくないが、彼女が素晴らしい人なのはわかる」

シグラ国王からルシアへの褒め言葉を聞き、カイルの頬は緩んだ。

花咲くようなカイルの笑顔に、シグラ国王は目を眇《すが》める。

（この子のこんな嬉しそうな顔を見たことはあっただろうか。この笑顔をつくるのがルシアという娘なのだろう）

シグラ国王は感慨深い気持ちになった。

（王家の名を嫌い、偽名を使って他国へ逃げていた子供が、彼女のおかげで男になったのだな）

シグラ国王は、自分の能力を隠し、負わされた責務から逃げることばかり考えていた息子の成長を嬉しく思う。男らしく成長したカイルのことが誇らしくなる。

カイルは真摯な目でシグラ国王を見つめた。

「しかし、彼女は子爵令嬢でありながら、ヒベルヌス王国で奴隷のような扱いを受けてきました。国を捨て、平民になりたいと言うほどです。この先、彼女の有能さに気がついたヒベルヌス王国が彼女を取り戻したいと考えるかもしれません」

「お前はどうしたいと思っている」

「シグラ王国に魔導具の普及を進めるために、彼女は大切な存在です」

その答えにシグラ国王は、窺うようにカイルを見つめた。穏やかに細められた目は、カイルの恋心を読み取ってのことだろう。

「我が国の人材として大切なのはよくわかった」

カイルは少し気まずい。私情が盛大に入っているからだ。

「それに加えて、お前にとって大切な人なのだろう」

カイルは父に指摘され、顔を赤くして俯く。

「そのとおりです……」

「まだまだ、心までは隠せないようだな、カイル。まぁ、いいだろう。ノラリクラリとしていた息子をここまで奮い立たせてくれたのだ。私からも礼がしたい」

シグラ国王はそう笑うと、カイルに約束をした。

「ルシア嬢がカイル・ヤ・ウマトの庇護下にあることを明言した公文書を発行しよう。国の宝だ。責任持って大切にするのだぞ」

シグラ国王の言葉に、カイルはありがたく頭を下げた。

「ありがとうございます！」

「代わりではないが、今回の山火事の件も合わせ、ヒベルヌス王国とは正式に話し合いをしなければならないだろう。カイル、知恵を貸せよ」

シグラ国王は、期待の眼差しをカイルに向けた。

カイルは身が引き締まる思いで、大きく頷いた。

7．俺が結婚してやる

カイルが山火事の後始末で忙しいあいだ、ルシアの魔導具工房は休業だ。村自体も、山火事の影響で落ち着きがないのだ。店を開けても人は来ないだろう。

心配性のカイルが『僕がいないあいだは店を閉めて体を休めて』とルシアに頼み込んだというのもある。

カイルは王都まで出向き、火事の報告をするのだそうだ。

（山火事で騎士団を指揮しているところも見たし、カイルってシグラ王国の上位貴族なのかもしれないわね。なぜ商人を名乗っているかはわからないけれど、自分から話してくれるまで、聞くのはやめよう）

ルシアは思う。

ルシア自身が子爵令嬢の身分を捨てたのだ。事情はどうであれ、身分を隠しておきたい人の気持ちも理解できる。

ルシアはカイルが帰ってくるまでに、自分のペンダントの修理をすることにした。

山火事で浴びた水と、埃がペンダントの機構に入ってしまったらしい。

「うーん……。防水防塵《ぼうじん》加工をしたほうがいいかしら？」
《できるならやってくれ》
ウルカヌスが言う。ガラガラにしわがれた声から、本調子ではないことがわかる。
《どうせお主は儂が止めても危ないところへ行くのだろう？　だったら耐えられる体にしてもらわないとな。ついでに防火塗装もしておいてくれ。火の精霊として屈辱的だが、力が使えない以上しかたがあるまい》
「防火塗装は大袈裟じゃない？」
《大袈裟じゃないな。燃えるジューレ領へ飛び込もうとしたヤツがいるからな》
ウルカヌスにチクリと刺され、ルシアは思わずごまかすように目を逸らす。
「……ごめんね」
《わかればよろしい》
「じゃ、少し寝ててね」
ルシアは言うと、ウルカヌスが宿るプルシアンブルーの宝石を取り出した。まるで夜空を閉じ込めたような美しい石だ。
やわらかな布に包み、部品入れにしまう。
ペンダントを分解し、中の部品を洗浄した。そして、すべてに防火塗料を塗り、オーブンで焼きつける。ついでに防水防塵パッキンをつける加工も施した。

防火塗料を焼きつけた部品が冷めたのを確認すると、組み立て直す。

部品ひとつひとつは綺麗に直しているつもりなのだが、なぜだかウルカヌスは完全にならない。

「組み立て方が違っているのかな？　それとも機構的な問題じゃないのかしら……」

最後にウルカヌスの宿る宝石をはめようとして、部品入れから取り出した。息を吹きかけ、やわらかい布で優しく磨き、太陽に透かしてみる。

今までは気がつかなかったが、プルシアンブルーの石の中に、青い光の帯がある。

「まるで夜の海に月光の帯が落ちているみたいに綺麗ね」

思わずオーラをまとい戦うカイルを思い出す。

「今度はこの光の帯が前面に来るように設置してみようかな。帯を縦にしたら、猫の瞳みたいで可愛いかも」

ウルカヌスが宿っている宝石は、魔晶石ではない。しかし、普通の宝石かといえばそうでもない。ルシアが見たことのない石だった。

太陽の光を当てていると、プルシアンブルーの石はほのぼのと光をまといはじめた。

「？　もしかして、自然の魔力を吸収しているの？　ウルちゃんが実体を持てないのは、魔力不足が原因だったのかな？」

ルシアは思いついた。そして、宝石をペンダントにはめ込む。

部品入れに優しく入れ、蓋を開けた状態で太陽の日差しが差し込む窓辺に置いた。

「ほう、定期整備《オーバーホール》は終わったか」

ウルカヌスが目覚める。しわがれていたウルカヌスの声は、しっとりとしたバリトンボイスに戻っていた。しかも、ルシア以外の人間にも聞こえるようになっていた。ウルカヌスはそのことに満足する。

しかし、以前から聞こえていたルシアは新たな変化に気がつかない。

「やっぱりまだ完全じゃないよね」

ルシアは苦笑いした。

「ああ、だが、いつもよりずっと心地がいい。回数を重ねるたびにどんどん体が軽くなるようだ。毎度腕を上げるな、ルシア」

ウルカヌスは答えた。

「ありがと、ウルちゃん。それで、少し考えたんだけど、ウルちゃんが復活できないのは古代秘宝《アーティファクト》に魔力が足りないんじゃないかなって」

「ああ、それもあるかもしれんな」

「こうなる前は、どうやって魔力をためてたの?」

「さぁ、知らぬ。魔力など勝手に湧き出るものだ。ためるという発想はない。ただ……太陽の光は心地よいな……」

ウルカヌスは眠そうに答えた。

「じゃあ、少し、ここに置いておくね。ひなたぼっこしながらお昼寝してみるのもいいかも」

ルシアが言うとウルカヌスはあくびをした。

「……そうだな……」

ウルカヌスの声を聞き、バンクがやってきて、部品入れの中を覗き込む。そして、その中に入り、ペンダントをクルリと抱え込み横になった。

お日様の光が直接ウルカヌスに当たるように、ルシアは窓を開けた。心地よい風がカーテンを揺らす。

ポカポカとした日差しの中で、スピスピと寝息を立てるバンクの姿に、ルシアの頬は綻んだ。

「可愛いわね。……ふたりともゆっくりお休み」

ルシアは小さく囁くと、工作室のドアを静かに閉めた。

そして、店へと移る。

ニィとふたりでお茶を飲みながら、魔導具の話をしていると、店のドアが叩かれた。

「看板は閉店になってるのになんで？」

ニィは小首をかしげて、窓から外を覗き見た。

以前、ルシアにカラクリ箱の修理を依頼した男たちのひとりがやってきている。

ニィは不愉快そうに眉をひそめた。

「まーた、あのカラクリ箱の眼鏡の男が来てる。第一王子の専属魔導具師は、礼儀も知らなければ、字も読めないの？」

ニィが呟き、ルシアは噴き出す。

「また面白い話かもしれないわ、開けてあげましょ。ニィは工作室のほうに行っていて」

「はぁーい」

ルシアはニィが工作室に行くのを確認してから、店のドアを開けた。シグラ王国の関係者なら安全だと判断したのだ。

「お久しぶりです」

ルシアがにこやかに挨拶をすると、眼鏡の男は不愉快そうに切り出した。

「山火事を消した空飛ぶ魔導具をお前が作ったというのは本当か」

「はい」

答えを聞いて、チッと舌打ちをする。どうやら、いまだにルシアの力を認めたくないらしい。

「今日は、お前の知人を連れてきたのだ。ふたりきりで話をしたいとのことだ」

眼鏡の男はそう言うと、席を外すために工作室側の道へ歩いていった。

代わりにフードをかぶった男が前に出て、フードを取る。

ルシアは突然の訪問者に、小首をかしげた。

「ルシア！　捜したんだ‼　俺と一緒にヒベルヌス王国へ帰ろう‼」

片膝を床につき、プロポーズでもするように花を突き出すが、勢い余ってよろける。

卒業記念パーティーでのカイルとは比べものにならないほど不格好だ。

ルシアは呆気にとられた。

「……えっと、どちらさまです？」

ルシアが尋ねると、男はカッと顔を赤らめ、立ち上がった。

「俺が婚約破棄をしたからそんな意地悪を言うのか！　ルシア‼」

なじられ、ルシアはハッとする。

「もしかして……レモラ様？」

「もしかしなくても、お前の婚約者レモラだ」

「え……、でも、どうしてそんなお姿に……？」

ルシアは驚きを隠せない。

「そんな姿とは？」

「どうしてそんなにデブ……ふくよかになったのですか？　髪も肌もボロ……傷んでいるようですが……もしかして、ヒベルヌス王国で疫病でも⁉」

別れる前のレモラからはかけ離れた姿に、ルシアは戸惑った。

カイルほどとはいわないが、レモラもそれなりに美しかったはずだ。

「お前の作った魔導具がことごとく壊れていく！　お前が俺を呼び寄せるために嫌がらせして

いるんだろう？」

「えええ～……そんなわけないでしょう……。取説だって残してありますよ？」

ルシアは呆れた。

「取説は見つからないし、見つかった物も直らない‼　お前の望みどおり迎えに来てやった。さぁ、帰るぞ」

レモラはルシアの手を取ろうとした。

ルシアはその手を振り払う。

「嫌です‼　もう、私はシグラ王国の人間です」

「意地を張るな。可愛げのない。俺が結婚してやるんだから、お前はヒベルヌス王国の人間だ」

レモラは忌々しそうに吐き捨てる。

「そんなのまっぴらごめんです‼　帰ってください‼」

レモラとルシアが押し問答をしていると、眼鏡の男が戻ってきた。

手に持つ網には、バンクが捕らえられていた。魔獣捕獲用の網を使ったのだ。バンクはウルカヌスのペンダントを抱え込んで、毛を逆立て激怒している。

「バンク！　ウルちゃん‼」

眼鏡の男は下卑た笑いをルシアに向けた。そして、レモラに告げる。

「これは、あの娘が大事にしているペットです。コイツをヒベルヌス王国に連れていけば、あの娘もついてくるでしょう」

レモラは網の中を確認し目を見開く。

「カーバンクルじゃないか！　人に懐かない聖獣だ！　これは価値があるぞ‼　それに、このペンダントはルシアの宝物だ！　よくやった‼」

レモラが興奮して唾を飛ばす。

レモラはルシアがペンダントを肌身離さずつけていることを知っていた。

「っ！　やめて‼　バンクに酷いことしないで‼　ペンダントを返して！」

ルシアが叫ぶ。

レモラは必死になるルシアを見て、薄暗く微笑んだ。

（なにをされても顔色を変えなかったルシアがこんな必死な顔を俺に向けるなんて）

ゾクゾクと今まで感じたことのない悦楽が背中を駆け上がった。

（なんて、気持ちがいいんだ。それによく見れば、今のミゼルよりルシアのほうが綺麗じゃないか）

ニヤリと笑うレモラを見て、ルシアはゾッとした。

「相当大切なものみたいだな。この気味の悪いペンダントをいつもつけているもんな」

「このペンダントはお母様の形見なの‼」

「理由なんてどうでもいい。そんなに大切なら、俺の言うことを聞くんだ。ルシア」

レモラはルシアに手を伸ばした。

（気持ち悪いっ！）

ルシアは反射的に一歩下がる。

「言うことを聞かないなら」

レモラは眼鏡の男を見た。眼鏡の男は愉快そうに唇の端を片方だけ上げ、網を揺する。

「キキキ‼」

バンクが反抗するように吠《ほ》えかかる。

「うるさい獣め‼」

眼鏡の男はさらに網を揺すった。

「やめて‼　言うことを聞くわ！　聞くから、酷いことしないで。お願い！」

ルシアが必死に頼み込むと、レモラは満足げに頷いた。

「そうだよ、最初から素直に言うことを聞いていればいいんだ。生意気さえ言わなければ、お前だって可愛がってやれるんだから」

レモラはそう言うと、ルシアの手を取った。

ルシアは嫌悪感で思わず震える。

レモラはその反応を見て、なぜか愉快そうだ。

「さあ、書き置きを残せ。『店は閉店、私を捜さないで』と、な」

レモラと眼鏡の男に付き添われ、ルシアは一度店に入った。

店にはニィが横たわっていた。殴られたのか、傷ついている。

「ニィ！」

「……ごめ、ルシア……、ごめん」

ニィは立ち上がれないまま、涙を流した。

「いいのよ、ニィ、気にしないで」

ルシアが気遣うと、レモラが笑う。

「そうだ。気にすることはない。屋敷妖精なんだからな、ルシアなんかについてくるからこんな酷い目に遭う。ファクト子爵家でおとなしく床でも拭いてればよかったんだ」

「ルシアのせいじゃ……ない……」

ニィが反論すれば、レモラは不快そうに眉をひそめた。

「素直に言うことを聞くなら、ルシアと一緒に連れて帰ってやろうかと思ったが、やめた。主人のいなくなった空の屋敷で干からびて消えろ」

「なんて酷いこと！」

ルシアが抗議しようとすると、眼鏡の男がバンクの入った網を掲げた。

「っ！」

ルシアは口をつぐむ。

「早く書け」

レモラが命じる。

（この隙に、なにか反撃を……）

ルシアが引き出しから魔導具を出そうとすると、釘を刺される。

「変なことを考えるなよ？　助けを呼ぼうとか思うな」

眼鏡の男は、ルシアにバンクの入った網を揺らしてみせた。

ルシアは小さくため息をつく。

「変なことなんかしません。紙とペンを探しているだけです」

ルシアは最近オモチャとして作った魔導具用紙を取り出した。片面が青い正方形の色紙《いろがみ》だ。

しかし、眼鏡の男もレモラもその紙に疑問を持たなかった。それほど普通に見える紙なのだ。

それに魔導具ペンで手紙を書く。

ルシアは書き置きをしながら思う。

（大丈夫。カイルなら気がついてくれるはず）

ルシアは紙の端に小さな小鳥の絵を描いた。書き終わると、魔導具ペンを胸にしまう。

「書きました」

レモラが内容を確認する。

「うん、変なことは書いてないな」

レモラはそう言うと、ルシアを強引に引っ張る。

ルシアは自分の首に巻いていたスカーフを取ると、ニィに投げた。

ニィは慌ててそれを取る。

「ニィ！　これで自由になって！　この屋敷に縛られちゃダメよ！　消えないで、生きて！」

ニィは顔を蒼白にした。

「ルシア！」

「ごめんね。気がつかなくて。もっと前にこうしてればよかったね」

ルシアが淋しそうに微笑んで、ニィは泣きそうになる。

「そんなことないよ！　ルシア！　オイラはルシアが好きだから一緒にいるだけなんだ！」

ニィの叫びを聞いて、レモラは高らかに嘲笑した。

「そうか？　本当かな？　それを受け取ってもそうしていられるか見物《みもの》だな！」

レモラは言い捨てると、ルシアを引っ立て魔導具工房のドアを閉めた。

◆　◆　◆

カイルは魔導具工房に戻って驚いた。机の上には、ルシアの文字で書き置きが残されている。

『——捜さないで』と書かれた青い紙を持ち、カイルは呆然とした。

「カイル……ごめん……」

暗い部屋の隅では、傷だらけのニィが泣いていた。ルシアが首に巻いていた緑のスカーフを抱きしめている。

「ニィ！　どうしたんだ⁉」

「カイル～‼」

ニィはカイルに泣きついた。

カイルはニィの手当てをしながら、事の成り行きを聞く。

「レモラがルシアをさらいに来るなんて……」

カイルは思いも寄らぬ出来事に混乱する。

「まだ、ジューレ領は山火事で大変だっていうのに、シグラ王国に来ている場合か？　彼がすべきことは、できるだけ早く領地をもとに戻すことのはずだ！」

カイルがバンと机を叩く。

ニィがおびえるように頭を抱えた。

「……ごめんね、ニィ。君を怒ったわけじゃない」

「うん、わかってる。でも、カイル。レモラにカイルの常識は通じないよ。だってあいつらがオイラのことをイジメたくせに、オイラが怪我したのはルシアのせいだって言うんだ。いつだって自分は正しい、悪いのは周りなんだ」

ニィが言う。

「第一王子の専属魔導具師がレモラの手引きをするなんて……。第一王子が、ルシアを宮廷の魔導具師にしようという話があったから、自分の地位が脅かされると勝手に早とちりして、レモラに味方したのかもしれないな」

『国の宝だ』とシグラ国王は、ルシアのことをそう言った。

(国とか、関係なく、ルシアは僕の大切な人だ。なんとしても助けなきゃ！)

カイルは顔を上げた。

「早くルシアを捜さなきゃ……。ニィ、心当たりはある？」

「ジューレ侯爵領のカントリーハウスか、王都のタウンハウスのどちらかだと思うけど」

「どちらに向かうか」

カイルは悩む。カントリーハウスのほうが近いが、タウンハウスに向かっているなら、カントリーハウスを経由する時間が惜しい。

悩みながら、カイルはルシアの残した書き置きをマジマジと眺めた。

よく見ると、うっすらと魔晶石が練り込まれているのがわかる。

「これって、ルシアが作った魔法の紙じゃない？」

「そうだよ‼」

カイルの問いに、ニィは目を輝かせ頷いた。

「なら、もしかして」

カイルは思い、その紙の端に書かれていた、小鳥の図案を折ってみる。

すると、それは静かに羽ばたき、フワリと宙に浮いた。

「やっぱり……！」

カイルとニィは顔を見合わせる。

「この文字を書いた主のもとに案内して！」

カイルが頼むと、まるで本物の小鳥のようにドアに向かって飛んでいく。

カイルはニィを抱き上げた。

「行こう！　ニィ！」

「でも、オイラ、役立たずで」

ニィはルシアを奪われ、自信を失っていた。

カイルは首を振る。

「そんなことないよ。ニィが残っていてくれたから、僕らはルシアを助けに行ける」

カイルが励ますように笑いかけ、ニィは半泣きになる。

「カイルぅ〜‼」

「だから、一緒に行こう。ニィ！　僕はヒベルヌス王国に詳しくない。きっと君の力が必要だから」

「……うん‼」

ニィが力強く頷くと、カイルは勢いよく魔導具工房のドアを開けた。

色紙《いろがみ》で作られた青い小鳥がふたりを待っている。

カイルはニィを抱いたまま馬に飛び乗った。そして、青い小鳥に風魔法で追い風を送る。

青い小鳥は勢いを得て先を急ぐ。ふたりを乗せた馬は、見失わないように追いかける。

青い鳥を追いかけるふたりの心はひとつだった。

今からルシアを助けに行くのだ。

8. 尻拭いはもうごめん

ルシアは王都にあるジューレ侯爵家のタウンハウスに連れてこられた。

追放されたときは五日かかった道のりだったが、高速馬車を次々に乗り継いで四日で帰ってきた。レモラが金に物を言わせたのだ。

「よく帰ってきてくれたね、ルシア」

諸手《もろて》を挙げて迎え入れたのはジューレ侯爵である。

卒業記念パーティーの前には、ルシアを遅刻させるために画策した当事者なのに、あからさまな手のひら返しだ。

「つらい目に遭わせてすまなかったね。君がレモラのために、修理を肩代わりしてくれていたなんて気がつかなかったのだ。その話を聞いて、こんなに深い愛があるのかと感動さえしたよ」

ジューレ侯爵の言葉に、ルシアは鳥肌が立つ。

ルシアはレモラを愛していたから修理を肩代わりしたわけではない。ジューレ侯爵家やファクト子爵家の未来のために、しかたがなく尻拭いをしていただけだ。

「レモラもルシアと仲よくするんだぞ。ルシアの言うことはなんでも聞いてやりなさい」

ジューレ侯爵がにこやかにレモラに命じた。しかし、目の奥は笑っていない。

そして、レモラの耳元で囁く。

「地下室に入れられたくなかったら、今度こそ逃がすなよ。この娘がいなければ侯爵家は破滅だ」

レモラは厳しい父から言われ、ブルリと震え頷いた。

「ルシアのために侯爵家に部屋を用意したんだ。今後は、次期侯爵夫人として、ここを家だと思って過ごしなさい」

ジューレ侯爵が告げる。

「いえ、私は婚約破棄しましたので……。次期侯爵夫人はミゼルでしょう？」

ルシアが答えると、ジューレ侯爵はレモラを睨んだ。

「愚息が君を傷つけたようだが、本意ではなかったのだよ。その証拠に、婚約破棄を破棄して、君を正妻に迎えることにした」

「……正妻……？」

ルシアが小首をかしげる。

「ああ、あの役立たずのミゼルは妾《めかけ》が相応しい」

ジューレ侯爵が当然のように言い、ルシアは呆れた。

（この人なにもわかってないわ……）

ふと視線を感じて見ると、ミゼルが顔を真っ青にしてこちらを見ていた。

「あ、ミゼル……」

ルシアが名を呼ぶと、レモラも振り向きミゼルを見た。

「ああ、ミゼル、いたのか」

「レモラ様……今のお話……」

「聞いていたなら話が早い。ルシアが正妻で、お前が妾だ。いいよな？」

レモラはなんの悪気もないように笑いかけた。

「……私のこと……今、お前……って？　酷い！　私のこと愛してるって、お継姉様より可愛いって言ったのに、私を妾にするなんて！」

「ああ、そうだったっけな。でも、お前、使えないじゃないか。魔導具のこともなにも知らないし、それじゃジューレ侯爵家の嫁としては困るんだよ」

レモラは事もなげに言い放った。

「だって、なにもできなくっていいって！　お継姉様は魔導具が扱えるからって威張って小賢《こざか》しいって‼」

「俺の気の迷いだった。恋愛は可愛いだけでもいいが、結婚は別だ。姉妹なんだから仲よくしろよ」

レモラはそう命じると、ルシアを見て微笑んだ。

「な？　ルシア。君ならわかってくれるだろう？」

ルシアはブンブンと首を横に振る。

「なんだよ、まだ拗ねているのか？　ミゼルのほうがいいと言ったのは過去の話しだ。今はルシアのほうがいいに決まってる。少し見ないうちに綺麗になって、俺は君に再び恋をしたんだ」

レモラは色気をめいっぱい振りまいて、ルシアに流し目を送った。

（気持ち悪っ）

ルシアは身震いする。

ミゼルはルシアを睨み上げた。

「この泥棒猫‼」

ルシアは呆れ返って言葉も出ない。そもそも、ルシアの婚約者を奪ったのはミゼルだ。それに心変わりをしているのはレモラである。責めるならレモラを責めてほしい。

「取ってないし、いりません。どうぞそちらで引き取ってください」

ルシアは思わず答えた。

レモラは顔を赤らめルシアを睨めつけた。

「まぁまぁ、昨日の今日で突然言われてルシアも気持ちが追いつかないのだろう。レモラがルシアを裏切ったのは事実なのだから」

ジューレ侯爵が宥めるようにあいだに入り、作り笑いをしながらレモラの肩をギュッと掴んだ。そして低い声で言う。

「レモラ。きちんとルシアに誠意を見せなさい。わかったな？」

念押しされて、レモラは冷や汗をかき頷いた。

「もちろんです、父上」

ジューレ侯爵は、ルシアを見て微笑んだ。

「長旅、大変だっただろう、早く部屋で休みなさい」

そう優しげに労う侯爵の後ろでは、眼鏡の男がバンクの入った網を、ジューレ侯爵家の使用人に引き渡している。交換するように、使用人は重そうな袋を眼鏡の男に手渡した。男は袋の中の金貨を見ると、満足げに頷いた。

ルシアはそれを見たら逆らえない。

嫌々ながらも、言葉に従うルシアを見て、眼鏡の男は役目は終わりと言わんばかりに満足げに笑い、ジューレ侯爵家をあとにした。


用意された部屋はとても豪華なものだった。

しかし、窓は開けられないように釘を打たれている。

事実上の軟禁である。

「困ったことがあったら、なんでも言ってくれ。ルシア。俺は反省したんだ」

レモラは言う。

「だったら、バンクを放して、ペンダントを返してくださぃ」

「それはできない。ルシア」

「お願いです」

ルシアが頼むと、レモラは嬉しそうに目を細めた。

「君に『お願い』されるなんて初めてだ。嬉しいなぁ」

ルシアはその言葉に鳥肌が立つ。

「俺はそれで気がついたんだ。君にお願いされると幸せな気持ちになる。きっと、俺が本当に好きだったのは君のほうなんだ。わかるだろ？　ルシア」

ルシアはブンブンと首を横に振る。

「君がいないと俺はなにもできない。俺には君が必要なんだ」

「レモラ様が必要としてるのは、私の道具だけです。道具は全部直しますから、だから私を帰して。私はもう自由に生きたいの！」

ルシアの必死の願いは、レモラには届かない。

「俺と結婚するなら、カーバンクルは解放するし、ペンダントも返そう」

レモラはそう言うと、ルシアの部屋を出ていった。

そして、外から鍵をかける。ご丁寧にもかんぬきまでかけている音がした。ドアノブの鍵ではルシアが開けると思ったのだろう。

「私のことを見くだしているのに、そういうところはきちんとわかってるのね。謎だわ……」

ルシアは大きくため息をつき、ベッドに横たわった。

大きくてふかふかのベッドだ。子爵家のものとは比べものにならない。リネンも高級なもので、豪華な刺繍が施されている。

しばらくして用意された食事も豪勢なものだった。きっと、侯爵家のメニューと同じなのだろう。給仕をするメイドも、侯爵家のベテランだ。

まるで、王族にでもするようなもてなしに、ルシアは驚き呆れ果てる。今まで、どんなに難しい魔導具を無償で直そうともこんなもてなしを受けたことはない。

「こんなことしたって、私は結婚しないのに……。でも、どうやって逃げ出そう。まずは、バンクとウルちゃんを捜さなきゃ」

ルシアは大きくため息をついた。

ルシアはジューレ侯爵家の魔導具の管理もしていたから、間取り自体はわかっている。しかし、侯爵家は広い。手当たりしだい部屋を探すわけにはいかない。

窓から外を眺める。

（ニィは大丈夫だったかな？　カイルは気がついてくれたかしら？）

ふたりを思い出し、涙がにじむ。

（早く、魔導具工房に帰りたい）

ルシアは思った。


それから数時間後の夜更けのことである。

ガチャガチャと鍵を開ける音がして、パサリと紙の落ちる音が響いた。防犯のために、ドアに挟んでおいた紙が落ちたのだ。

ルシアは起き上がり身構える。

音もなく開かれたドアから、光が差し込んでくる。

小さな影が入り込み、落ちた紙を踏んで、すべり転んだ。

「っ、ギャン！」

「ミゼル？」

ルシアが尋ねると、小さな影は身震いし、起き上がった。

「お継姉様」

「どうしたの？　こんな夜更けになんであなたが侯爵家にいるの？」

ミゼルは、持ってきたランプをベッドサイドに置いた。

ふたりの顔が見えるだけの心許ない光だ。チラチラと心細く灯が揺れている。

「今は、婚約者教育を受けるために、お母様と一緒に侯爵家でお世話になっているんです」

誇らしげにミゼルは鼻を鳴らした。

「あ、お継姉様の婚約者教育は通いでしたよね？　ミゼルはお部屋を用意してもらったんですぅ」

羨ましいでしょう、と自慢するような物言いだが、ルシアは気がつかない。

「そう、よかったわね！」

ルシアは心から思い、そう答えるとミゼルはカッとした。

「だから！　お継姉様、レモラ様を返してください‼」

ミゼルは小さな声で、しかし怒気を露わに息巻く。

ルシアはため息をつく。

「返すもなにも、あの人は私のものじゃないわ。でも、ミゼル。私が言うのもなんだけど、あんな人で本当に大丈夫？　あなたを妾にすると言う人よ？」

ルシアは尋ねる。

ミゼルはバッと顔を上げ、ルシアを睨んだ。

「お継姉様さえいなければ、私が正妻です！」

ミゼルは声を荒らげた。

「正妻だったらいいの？　妾を取るって公言してるのよ？」

ルシアは思わず尋ねた。ルシアにはとうてい理解できない。

「正妻だったらいいの！　小さなことで怒ったら、お母様のように捨てられるわ」

ミゼルが答える。ミゼルの母ローサは、父の浮気をなじり離婚されたのだ。

「そんな……。浮気をするほうが悪いのに……」

結婚前から妾をとると公言する男に執着するミゼルが哀れだとルシアは思う。

「頭のいいお継姉様にはわからないでしょう！　馬鹿げてるって、ミゼルを見くだしてるんでしょ!?」

「そんなことないけれど……」

「お継姉様は魔導具も扱えて、ほかの国でお店も持って、有名になって……。ミゼルはいつもお継姉様に比べられて、ファクト子爵家なのに、頭が悪いって……。お継父様の血を継いでないからしかたないのに……。ミゼルのせいじゃないのに……」

ミゼルの言葉にルシアは驚いた。

ミゼルは、ルシアにコンプレックスを抱いていたようだ。

「落ち込むミゼルに、お母様は言ったわ。勉強なんて必要ないって、女は可愛ければいいんだって。そして、素敵な人に愛されれば幸せになれるって。だからミゼルは頑張って頑張ったの！　そうしたら、レモラ様は言ってくれたわ！　ミゼルのほうがお継姉様よりいいって！　そう言ってくれたの！」

ミゼルは瞳を潤ませ訴える。

「お継姉様は愛されようと頑張ってないくせにズルいわ！　私のものを取らないでよ！　お継

姉様は、ひとりでも生きていけるじゃない！　でも私は無理なの！　だから、お継姉様はズルいのよ‼」

ミゼルに言われて、ルシアは深いため息をついた。

「ズルいって言われても。私だってできることならここから出ていきたいのよ。でも、カーバンクルを人質に取られていて逃げられないの」

ミゼルは俯く。

「でも、ズルい。今夜、お母様が呼ばれたの。明日にでも、お継姉様とレモラ様を再度婚約させるって。前回挙げなかった婚約式を、今回は盛大に執りおこなうって侯爵様が言ったんだって。ズルいじゃない。私だって婚約式してないのに」

ルシアはゾッとした。

「婚約式を挙げられたら逃げられないわ。一刻も早くここから出なきゃ……」

思わず呟くと、ミゼルが顔を上げた。

「……私が手伝ってあげるって言ったら、ここから出ていってくれる？　レモラ様を返してくれる？」

ミゼルは必死な表情でルシアを窺い見る。

「手伝ってくれるの？　そうしたら、私、出ていくわ！　もう、絶対戻らない‼」

ルシアは目を輝かせる。

「隠し通路の地図の写しを持ってきたの。これを使えば、こっそり外に出られるはずよ」

ミゼルはそう言って、一枚の紙を取り出した。

「どうしたの？　これ？」

「お継姉様も見たことないでしょ？　次期侯爵夫人になるミゼルには特別にって、以前レモラ様がくれたのよ」

ミゼルが鼻高々に見せつける。

しかし、ルシアにはどうでもいいことだ。

「それで、カーバンクルがどこに閉じ込められているかわかる？」

「この地下室よ」

ミゼルは地下室のひとつに丸をつけてきた。

「レモラ様がバーチャルウォールを設置するって言ってたわ」

「ありがとう！　ミゼル‼」

ルシアはミゼルに感謝する。

ミゼルは気まずそうに鼻を鳴らした。

「べつに、お継姉様のためじゃないわ。お継姉様がいたらミゼルが困るんだもの」

「そうかもしれないけど、助かったわ」

ミゼルはルシアに礼を言われ、少しこそばゆい気分だ。

ルシアはマジマジと地図を見る。

「どのみち外に出るには隠し通路を通って、地下へ行かなくてはいけないみたいね。バンクを助けてそのまま地下から外へ行けそう」

ルシアが呟くと、ミゼルはホッとしたようだった。

「それじゃ、私は行くわね」

ルシアはミゼルの地図を持って、大きな鏡を押す。すると鏡がクルリと回り、隠し扉が現れた。

「……お継姉様、気をつけて」

ミゼルは自身が持ってきたランプをルシアに手渡し、小さく呟いた。

ルシアは礼を言って受け取ると、闇に向かって歩きだした。


ルシアは、暗くて細い隠し通路を歩いていた。埃がたまり、蜘蛛《くも》の巣がかかっている。かびくさくよどんだ空気が漂っている。

足元をネズミが横切っていく。

(こんなときニィがいてくれたら、心強いのに)

屋敷妖精のニィならば、隠し通路も怖がることはない。ネズミとだって会話して、安全な道を教えてくれる。

ルシアは心細く思いながらも、狭い階段を下りて地下まで行き、バンクとウルカヌスがいる部屋にたどり着いた。

地図を見て隠し扉の記号を確認する。

そして、そっと扉を押した。隙間から部屋の中を覗き見る。どうやら誰もいないようだ。

ルシアは音が鳴らないように隠し扉を静かに開けた。

すると、バーチャルウォールの中でうずくまっていたバンクが気がついて、ピッと耳を立て振り向いた。

「！」

ルシアと目が合い、バンクは鳴き声をあげそうになる。

ルシアは慌てて唇に指を当てた。

バンクは両手で口を押さえた。

「小さい声でね？」

バンクはルシアの意図を理解して、黙って駆け寄った。

ルシアはバンクを抱き上げる。温かいモフモフに癒やされて、思わず安堵のため息をついた。

「怪我してない？」

「キィ」

バンクは頷きワタワタと手を振った。

「ウルちゃんは……？」

「キキ」

バンクは申し訳なさそうに俯いた。

「取られちゃったのね。でも、バンクが無事でよかったわ」

ルシアはそう言うと、部屋のバーチャルウォールを手早く解除した。またしてもパスワードが初期設定のままだったのだ。

ルシアとバンクは連れだって、ウルカヌスを捜すことにした。

宝物の守護獣ともいえるカーバンクルのバンクは、古代秘宝《アーティファクト》のウルカヌスの気配に敏感なのだ。

バンクは地下の廊下をピョンピョンと跳ねていく。ルシアはそれを追った。どうやらウルカヌスは地下のどこかにいるらしい。

ふたりは地下の部屋を覗きながらウルカヌスを捜して歩く。

しばらくして、バンクが立ち止まった。耳をピンと立て、後ろ足で立ち警戒するように振り向いた。

ルシアもつられて振り向く。

するとそこには、レモラがいた。手にはウルカヌスのペンダントを持っている。

「っ！　レモラ様」

「ルシアがいる‼　捕まえろ‼」

レモラは一緒にいた護衛に命じる。

「バンクおいで！」

ルシアが声をかけると、バンクがルシアの肩に乗る。ルシアは、ミゼルの地図を頼りに逃げ出した。

（ウルちゃんごめんね！　絶対助けに来るからね！）

ルシアは思いながら地下の廊下を駆けた。迷路のような地下を逃げ惑う。ドアを開け、隠し通路を渡り、また、廊下に出てと、レモラをまくように逃げた。

そうして、地下から脱出するための最後の部屋にたどり着く。

ルシアはそのドアを開けた。

ガランとした部屋で、出口があるようには見えなかった。

（どういうこと？　ミゼルが嘘を教えたの？）

必死にルシアを追い出そうとしていたミゼルが嘘をつくとは思えない。そもそも、ミゼルはそれほど器用ではないのだ。

「やっぱり、ミゼルが侯爵夫人になるのは無理だったみたいだよ。ルシア。俺には君しかいないようだ」

レモラの声が響き、ルシアは振り向く。

ルシアの入ってきたドアから、レモラがやってきて後ろ手でドアを閉めた。カチリと鍵が閉まる音が響く。

ルシアは閉じ込められたのだ。

「どういうこと？」

「こんなに簡単に侯爵家の秘密を話すようでは、困ると思うだろ？　君も」

「まさか、嘘の地図をミゼルに渡したの？」

レモラは口辺に笑みを漂わせた。

「ほら、ルシアは頭がいい。ここは侯爵家のお仕置き部屋なんだよ。内側からは特別な鍵がないと開かない。子供の頃よく閉じ込められていたんだ。忌々しい部屋だと思っていたけれど、こうやって使えるとはね」

レモラは気味の悪い笑顔をたたえ、ズイとルシアに近寄った。

バンクはルシアの肩の上で、毛を逆立て、鼻に皺を寄せ威嚇する。

「そして、頭のいい君なら、もうわかるだろ？　逃げられないと」

レモラの手にはウルカヌスが握られている。

行き止まりの部屋で、レモラの後ろにあるドアだけが唯一の出口だ。

（もう、ダメなの？）

キョロキョロと見回しても、この部屋は地下だ。窓もなく逃げ場がない。

「……！　カイル……」

思わずカイルの名前を呼ぶ。

こんなところで助けを求めても無理だとわかっていても、それでも咄嗟《とっさ》に出た名前は『カイル』だった。

「名前なんか呼んだって、シグラの平民が来られるわけないだろ？　アイツは君がここにいることも知らない。場所がわかったとしても、俺のように高速馬車を乗り継げるわけでもなし」

レモラが鼻で笑い、ルシアが絶望した瞬間だった。

「ギギギ‼」

バンクがレモラに襲いかかる。ウルカヌスを取り返そうと奮闘しているのだ。

バンクはレモラの頭に乗り、髪の毛をむちゃくちゃに引っ張る。

「くっそ！　この獣がっ‼」

レモラはブンブンと手を振ってバンクを追い払おうとする。

（バンクはまだ諦めてないんだわ！　私も負けない‼）

ルシアはバンクに襲われているレモラを横目に、ドアノブに手をかけた。

レモラがルシアの手ごとドアノブを掴む。

「離して！」

「離すか‼」

レモラはバンクに襲われつつ、ルシアに体当たりをする。

ルシアはよろめき、床に倒れた。

レモラは勝ち誇ったようにルシアを見下ろし、ルシアを踏みつけた。

「っう」

「ああ、すまない、足がすべった」

レモラは笑う。

ルシアは胸元にしまってあった魔導具ペンを取り出した。

いざというときのために、護身用の機能がついているものだ。

そして、そのペンをレモラの向こうずねに押し当てた。バチバチと電撃が走る。

「っ‼」

レモラは驚き、かがみ込んで向こうずねを押さえた。次の瞬間、バンクがレモラを攻撃する。

その隙に、ルシアはドアノブに手をかけた。魔導具ペンについていたライトで照らし、鍵を観察する。

（これはお父様が作ったドアノブ！　これなら、事故防止のために非常解除装置がついてるはず‼）

ルシアは非常解錠装置を捜し出し、鍵を開けた。

「やった！　開いた‼」

ルシアの声と同時に、バンクがルシアの肩に乗った。

ドアを開けると、正面にはジューレ侯爵家の護衛がいた。ルシアを見て取り押さえようとする。

後ろではレモラが呻きながら立ち上がってくる。

（もう、ダメ!!）

思った瞬間、つむじ風が巻き起こり、護衛たちが巻き上げられバタバタと倒れた。カイルの風魔法だ。

倒れた護衛たちの陰にニィが見えた。首元には、ルシアの投げた緑色のスカーフを巻いている。

（ニィ!?　来てくれたの！）

驚くルシアの脇を、金の光が横切る。

カイルは疾風《はやて》のごとく、レモラとルシアのあいだに割り込んだ。

レモラは突き倒され尻餅をつく。

「カイル……！」

カイルはそのままレモラに剣を振るった。ソードマスター独特のオーラをまとっている。剣から風が巻き起こり、レモラの髪を切った。

「うわっ！　剣なんて卑怯だぞ!!」

レモラは慌てて手を振り回す。

カイルはその剣先で揺れるペンダントをレモラから奪い取り、そのままルシアへと投げた。

「ルシア！」

ルシアはウルカヌスのペンダントをキャッチする。

「ウルちゃんっ！」

ルシアは両手でペンダントを包み込み。ギュッと眉間に押し当てた。

安心の涙がポロポロと落ちる。そして、その涙はペンダントに吸い込まれた。ペンダントの青い石がチカチカと瞬く。

カイルはレモラの頭をしたたかに峰打ちにする。

レモラは頭を押さえてのたうち回った。

「つくっそ、父上にも殴られたことないのに……！」

カイルはルシアを抱き寄せた。

「ルシア、遅くなってごめん！」

「ううん！　どうしてここへ？」

「ルシアの残した手紙のおかげだよ」

カイルの後ろには、青い紙でできた小鳥が浮いていた。ルシアの使った魔導具ペンのインクに惹《ひ》かれてやってきたのだ。

「でも、屋敷内の通路なんて……」

「それは、ニィのおかげだよ」

ニィがヒョッコリと顔を出す。

そして、ニッと白い歯をむき出しにして、親指を突き立てた。

「ニィ！　ありがとう！　ニィ‼」

ルシアはボロボロと涙を流す。

滂沱《ぼうだ》の涙は真珠のように転がり落ち、ウルカヌスの青い石を濡らした。

「ああ、熱い。やはりルシアの涙は変な感じだ……」

ウルカヌスが呟く。

人ならざるものの声に、カイルとレモラはギョッとした。

ウルカヌスは気に留めずに独りごちる。

「なんだか、魂から満たされてくる。腹の底から力がみなぎり、膨張していくようだ」

キーンと音を立て、ペンダントが浮き上がる。

ウルカヌスに共鳴するように、カイルのペンダントも胸元から浮き上がった。

「え⁉　なに？　カイルのペンダント？」

「僕のペンダントと、ルシアのペンダントは同じ物だったの？」

ルシアとカイルは目を見張る。

すると、ふたつのペンダントの蓋が自動的に開かれ、光とともに中からひとつずつ小さな歯車が現れた。

そして、その歯車は交換するように、互いに入れ替わる。カチリと歯車がはまった音がして、蓋が閉じられた。

カイルのペンダントは静かに胸元に戻り、音が鳴りやむ。

反対に、ウルカヌスのペンダントはルシアの首から外れ、部屋の中心に浮いた。そして激しく震え、眩しく発光した。

「そう、これこそが儂だ!」

ウルカヌスは吠えた。

「大精霊ウルカヌス、復活だ‼」

ウルカヌスの声に、バンクがキキと鳴き声を合わせる。

「ルシアを泣かせる者は、なんぴとたりとも許さぬ‼」

ドーンという爆発音とともに、地下室で爆破が起こった。カイルはルシアを抱きかかえかばう。ニィも、バンクもルシアに抱きついた。

モクモクとした煙の中に偉大なる大精霊ウルカヌスが現れた。

褐色の筋肉が隆々とした、白い髭の老人だ。身長は二メートルぐらいあるだろうか。純白の一枚布を左肩で留め、右肩は露わになっている。逞しい胸をむき出しにして、ウエストにはべ

ルトを締めている。

癖のある白髪は肩ほどの長さだ。プルシアンブルーの瞳はペンダントの石と同じ色だった。額の真ん中には、その上に横向きの傷がひとつ走っている。

後光が輝く神々しい姿に、ルシアは驚き目を見張る。

「ウルちゃん?」

「ああ、儂がウルちゃんだ」

ウルカヌスは上機嫌だ。

カイルとレモラは唖然《あぜん》としてウルカヌスを見上げた。彼らにもウルカヌスの姿が見えたのだ。

天井からパラパラと落ちてきた瓦礫《がれき》がレモラに当たり、彼は驚嘆した。

「……は?　ここは地下室だぞ……?」

腰を抜かしたレモラが天井を確認する。

侯爵家の地下に大きな穴があいていた。上は庭になっていたようだ。

ウルカヌスが開けた穴から、夜空の星々が輝いて見えた。

カイルは立ち上がり、魔導具の照明弾を空へと打ち上げた。そして、改めてレモラに剣を向ける。

ウルカヌスはルシアを抱き上げて、外へと飛び出した。ルシアにはニィとバンクがぶら下がっている。

ウルカヌスが地表に降り立つと、屋敷の中から多くの人々が集まってきた。

ジューレ侯爵も、ローサもミゼルもいる。

ジューレ侯爵は惨状を見て一瞬戸惑ったが、護衛らに命じる。

「ルシアを捕ら……、保護し、賊を殺せ‼」

護衛たちは、ウルカヌスを見た。

ウルカヌスはルシアをお姫様抱っこしたまま、挑発するように笑った。

「儂は大精霊ウルカヌスだ。腕に覚えのある者だけかかってこい。命の保証はできないからな」

ウルカヌスの不敵な微笑みに、護衛たちはブルブルと震えた。

「……大精霊に刃《やいば》を向ける？」

「無理だろう」

「まだ死にたくない……」

護衛たちはヒソヒソと話してから、一斉にカイルに向かった。

ルシアに関わるのは得策でないと考えたのだろう。

「おいっ！　お前ら！　ルシアを捕らえろ‼」

ジューレ侯爵の怒鳴り声を無視して、護衛たちは地下へと飛び降りた。

「ほう？　ルシアを捕らえるとな？」

ウルカヌスが面白そうにジューレ侯爵を見た。

ジューレ侯爵は脂汗をかきながら怯む。

「……いや、保護だ。保護。疲れているだろうから、屋敷に戻って……」

「え？　侯爵家には戻りませんが？」

ルシアは小首をかしげた。

ジューレ侯爵とローサは歯がみをする。

地下ではカイルが戦っている。護衛たちを次々と倒すと、カイルはレモラの首根っこを持ち、地上へとほうり投げた。風魔法の力もあって、レモラは軽々と投げ飛ばされる。

レモラはジューレ侯爵にぶつかり、ふたりはぶざまに地面へと転がった。

「レモラ！　どけ！　なにをしている‼」

「……！　父上、すみません」

ふたりは土がついたまま、よろめきつつ立ち上がる。

カイルも地上に出た。

「平民の無礼者が‼　ジューレ侯爵家にこんなことをしてただですむと思っているのか！」

カイルを見てレモラが喚いた。

ジューレ侯爵家の騎士たちが集まってきて、カイルとルシアを取り囲んだ。

「カイルは私を助けてくれただけよ！　カイルは罪に問わないで‼」

ルシアが叫ぶ。

そこへ、ヒベルヌス王国の衛兵たちが集まってきた。

「ああ！　衛兵が来てくれた！　謝っても今さら遅いぞ！　衛兵、こいつらを捕らえよ」

レモラはあざ笑い、カイルを指さした。

カイルは冷めた目で、レモラを睨む。その冷え冷えとした視線に、レモラは怯み目を逸らした。

衛兵たちは動かない。

「なぜ、捕らえない？」

レモラが問う。

衛兵たちはカイルを見た。

カイルは大きくため息をつき、名乗る。

「私はシグラ王国第三王子、カイル・ヤ・ウマトだ。衛兵たちは、ヒベルヌス国王に要請し、私のためにここに来ている」

カイルの言葉にジューレ侯爵は驚いた。

「そんな馬鹿な！」

ルシアも目を見開いた。

「カイルが……第三王子……？　貴族かもとは思っていたけれど、王子だなんて……」

戸惑うルシアを見て、カイルは苦しそうに謝る。

「ごめんね。今まで騙していてごめん。本当の僕を知ったら君に嫌われるかと思って……怖かったんだ……」

ルシアはウルカヌスに下ろしてもらい、カイルへ駆け寄った。

「びっくりしたけど、嫌いになんかならないわ。カイル様」

「やめてよ。今までどおり、カイルと呼んで。淋しいよ」

カイルに言われ、ルシアは満面の笑みを浮かべた。

「そうね！　カイル。身分が変わっても私たちの関係は変わらないもの！」

ルシアの言葉に、カイルはほっと安心しトロリと微笑む。そして、ルシアに向けた笑顔を消すと、冷徹な目でジューレ侯爵に向き直った。

「ルシア嬢へは、先日の卒業記念パーティーで結婚を申し込んでいる。彼女への侮辱は僕への侮辱だと考えてもらおう」

カイルはそう言うと、シグラ国王の紋章の入った証書を広げた。

「シグラ国王から預かった公文書だ。『魔導具師ルシアはシグラ王国の国民であり、第三王子カイル・ヤ・ウマトの保護下にある。シグラ王国の国民に害をなす者は、シグラ王国の法によって裁かれる』とのことだ」

カイルは厳かに読み上げた。

「……まさか、そんな……」

ジューレ侯爵は膝をついた。

「父上、しっかりしてください！　あんなのハッタリに決まっています！　あいつはただの商人です。学園にいたときだって、なにをしても反抗などできなかった情けないヤツです」

レモラがジューレ侯爵に近寄り肩を抱く。

「馬鹿を言うな！　あの紋章は本物だ！　それに、第三王子は青い瞳で、風魔法を使うと聞いている。間違いなく本人だろう。山火事も放置して逃げてきた馬鹿息子が！　学園でもトラブルを起こしていたのか!?　これ以上シグラ王国と問題を起こそうというのかっ‼」

ジューレ侯爵はレモラを突き飛ばした。

「父上！」

「本当にお前は愚かだな‼　ルシアの十分の一でも知恵があったら‼　いっそ、あの子がジューレ侯爵家の息子だったら！」

ジューレ侯爵はレモラに吐き捨てると、ヨロヨロと立ち上がった。

「すまない。ルシア。レモラが少し強引なことをしてしまったようだ。ジューレ侯爵家の意思ではない。君ならわかるだろう？　幼い頃から家族同然に暮らしてきたじゃないか？　レモラが愚かなことは君が一番知っているはずだ。今回も大目に見てくれるだろう？」

いつも高圧的に威張り散らしてきたジューレ侯爵が、ルシアに頭を下げた。

レモラは罪をすべて押しつけられて、呆然とする。

「そんな！　父上！」

「うるさいぞ！　レモラ‼　こんな素晴らしい婚約者がいながら、浮気をするお前が悪い‼」

ジューレ侯爵が怒鳴る。

そしてすぐさま、ルシアにやわらかい笑顔を向けた。

「許しておくれ。ルシア。我々には君の力が必要なんだ。お願いだ。ルシア。婚約破棄の破棄をしよう。望みなら全部叶えてやる」

ジューレ侯爵はそう言って、レモラの髪を引っ張ると、強引に頭を下げさせた。

「レモラ、謝れ。許しを請え‼　ルシアが婚約者に戻らないなら、お前にジューレ侯爵家は継がせないぞ！　魔導具の管理ができる者は、ファクト子爵がいない今ルシアしかいないじゃないか！　積もり積もった王宮からの案件をどうするつもりだ」

レモラは唇を噛みつつ頭を下げた。

「……ルシア、許してくれ。俺には君が必要なんだ。もう一度俺と婚約してくれ」

そう懇願し、ルシアに手を差し出した。

「そんな、……私はどうなるの……？」

ミゼルが泣き崩れる。

ローサはレモラを見た。

「ミゼルのことはどう責任を取るおつもりです。この期に及んで婚約破棄なんて！　この子を傷物にするつもりですか！」

レモラは困ったようにジューレ侯爵を見る。

ジューレ侯爵は、肩をすくめた。

「君たちが魔導具の管理ができていれば問題なかったんだが。能力もないのに侯爵夫人の座を狙うとはずうずうしくはないか？」

「侯爵夫人に求められる資質は、魔導具の技術ではないはずです！　淑女としての振る舞いこそが必要では？　ルシアにはそれがありません！」

ローサが訴える。

「そうかもしれないが、姉の婚約者を奪おうとするなんて、とうてい淑女とは思えないがな」

「だって、それは、レモラ様が！　レモラ様が私がいいって！」

ミゼルが反論する。

「いや、ミゼルが誘ったんだ！　俺は騙されただけだ！」

レモラも応じる。

ルシアは醜い泥仕合を眺めつつカイルを見た。

「カオスね。私たちはもう帰ってもいいわよね？」

「いいと思うよ」

カイルはルシアに手を差し伸べた。

ルシアはカイルの手を取る。

帰ろうとするルシアたちの姿を、レモラが見とがめた。

「待ってくれ！　ルシア！　お願いだ。俺には君が必要なんだ‼」

すがるように振り絞られた絶叫に、ルシアはレモラを振り返った。

その肩をカイルが抱く。

ルシアは静かに頭を振った。

「あなたたちの尻拭いはもうごめんです」

ルシアが答えると、ウルカヌスがプッと噴き出した。

「それはそうだな」

その瞬間、ローサがルシアに襲いかかった。手には短剣を持っている。

「ルシア、よくも恥をかかせてくれたわね！　お前さえいなければ、ミゼルが侯爵夫人になれるのに！　お前など死ねばいいのよ！」

カイルが、ローサの手をはたき、短剣が地面に落ちる。

ウルカヌスがルシアを抱き上げ、カラカラと転がった短剣をニィが拾い上げた。

バンクはローサに飛びかかり、顔をひっかく。

「ギャァ‼　この獣め‼」

ローサが髪を振り乱して暴れると、背後にいた男が、彼女の腕を捻《ひね》り上げた。

「うっ！」

　バンクはローサから離れ、ルシアの肩に飛び乗った。

「誰よ！　こんなっ！」

　ローサは振り向き、顔を青ざめさせた。

「お父様⁉」

　ルシアの父、ファクト子爵だ。

「旦那様……！」

　ローサがファクト子爵を見上げると、彼は眉間に皺を寄せた。

「ローサさん、いや、ローサ！　もう私は君の夫ではない。さきほど君と私の婚姻には、法定離婚事由があるとして離婚が成立した」

「そんな！」

「自分の子供も、私の子供も分け隔てなく大切にしてくれると信じていたのに残念だよ。まさか、ルシアを殺そうとするなんて」

「違います！」

「違わないよ」

　そう断じると、ファクト子爵は魔導具の録音機を再生させた。

　先ほどのローサの叫びが入っている。しっかりと、ルシアへの殺意が記録されていた。

「君は離婚の原因をつくった、有責配偶者だ」

突き放すようにファクト子爵は告げた。

「ファクト子爵……まさか、それは……」

ジューレ侯爵が、空笑いをしながらファクト子爵に問う。

「ええ、カイル殿下に頼まれて、すべて録音されています。それにここにいる衛兵たちも証人になってくれるでしょう」

ファクト子爵はニッコリと微笑んだ。

ジューレ侯爵はガクリと項垂れ、地面に手をついた。

「父上」

レモラがジューレ侯爵を慰めようと手を伸ばしたが、侯爵はその手を払った。

「お前のせいで侯爵家はすべておしまいだ」

絶望するジューレ侯爵たちを、ヒベルヌス王国の衛兵たちが取り囲んだ。

「シグラ王国第三王子殺害未遂、ルシア嬢の拉致監禁罪で逮捕します。そのほか、いろいろありそうですが、それは追って問われるでしょう」

衛兵団の団長の声が響いた。

9．ウルカヌスの花火が咲く夜に

夜明け前、ルシアたちはファクト子爵家へ戻ってきた。

黒い空は、夜明けに向かって紫色に変わりはじめた。

「え……、ここへ戻ってきて大丈夫なんですか？」

ルシアがオズオズと尋ねると、ファクト子爵は優しげに頷いた。

門を開けると、出迎えてくれたのは昔懐かしい執事である。しかし、彼は二年ほど前に解雇されたはずだった。ほかにも解雇されたはずの使用人がズラリと並んで待っている。

ルシアは呆気にとられた。

執事は、ウルカヌスに抱かれ、カーバンクルを肩にのせたルシアを見て驚くと、破顔した。

「おかえりなさいませ。お嬢様」

「おかえりなさいませ。お嬢様」

ほかの使用人たちもあとに続き復唱する。

「ただいま。みんな」

ルシアは涙目になりながら微笑んだ。

ニィは執事を見て駆け寄った。執事はニィにご褒美のクッキーを手渡す。

「お父様、これは……？」

「ルシアの話を聞いてね、ルシアをイジメた証拠を押さえようと、こっそり確認したんだ。そうしたらめちゃくちゃになっているじゃないか。ちょうどローサとミゼルがジューレ侯爵家で暮らすようになったから、それに合わせて解雇された者たちを呼び戻したんだよ」

ファクト子爵は苦虫を噛みつぶしたような顔で続ける。

「相当、子爵家には興味がなかったようで、侯爵家へ行ってから様子を見に帰ってくることもいっさいなかったから助かったよ」

「ああ……、ジューレ侯爵家にとても執着してたから、呼ばれて浮かれてしまったのね……」

ルシアは、ウキウキと子爵家を出ていくふたりの様子が想像できて、思わずこめかみを押さえた。そして、ウルカヌスに下ろしてもらうと、使用人たちに向き合った。

「みんな、戻ってきてくれてありがとう」

「お嬢様……」

深々と頭を下げると、使用人たちは喉を詰まらせ、嗚咽した。

「お力になれず……」

「ご苦労されたでしょう？」

使用人たちはルシアにいたわりの言葉をかけた。

「心配かけてしまったわね。でも、私は大丈夫よ」

使用人たちへにこやかに微笑むと、反対にファクト子爵を睨み上げる。

「それにしてもです！　お父様‼　なんでなんの連絡もしてくれなかったんですか？」

「いや……問題なく離婚できる証拠を集めていて……その……」

ファクト子爵はしどろもどろになりながら目を逸らす。

ルシアはさらにギンと眼光を鋭くした。

「だって、ルシアを……あんな……」

ファクト子爵は助けを求めるようにカイルを見た。

カイルは口元を押さえ、笑いをこらえている。

「だから、その、完膚なきまでに叩きのめさなくっちゃと思って……ね？」

「完膚なきまでに……。お父様、怖いです」

ルシアは呆気にとられた。

「やだなぁ。ルシアがされたことを思えば、最低でもそれくらいはしないと。でも、仕事は完璧にできたよ！　ローサの雇った執事は無能だったからね、ローサの横領や、ルシアに対する虐待、ルシアを追い出してから宮廷の納品魔導具の偽装など、いろいろと証拠が残っていてね。国王も教会も、すんなりと離婚を認めてくれたよ！」

ファクト子爵はご機嫌に答える。

「いったいなにをやってるのよ……」

ローサの所業にルシアは頭を抱えた。フォローのしようがない。

「それに、今回の件もまとめて、貴族院で審議されるよ。ジューレ侯爵家が、ファクト子爵家の功績を自分の名前で出していたことも報告済みだしね。それに領地の山火事の件と問題は山積みだ。ただではすまないよ」

ファクト子爵は悪い顔で微笑んだ。

ルシアは貴族院での審議を想像し、クラクラしてくる。どう考えても、ジューレ侯爵家でまともに対応できるわけがない。

（お父様が本気を出したら、どうなるか想像がついたでしょうに……。学者気質《かたぎ》だから、手心を加えるとか知らないのよ。反論もできないほどに証拠を集めたでしょうね。怖い、怖い）

ルシアはゾッとしつつ、ファクト子爵が自分の味方でよかったとホッとした。

その反面、その能力を初めから使っていてくれれば、このようなことにならなかったのにとも思うのだ。

「お父様……。お父様はやればできる子なんですから、なんで今までちゃんとしてくれなかったんですか」

「ごめんね。ルシア。でも、私はジューレ侯爵家を信頼していたんだよ。私がきちんと仕事をすれば、ファクト子爵家を守ってくれるってね」

「お父様は事務仕事や社交がしたくなかっただけでしょう？」

「……まぁ、否めないが……」

ファクト子爵はポリポリと頭をかいた。

ルシアはジト目で、父を睨む。

「でも、ルシアだって思うだろ？　社交なんて面倒だって。それを肩代わりしてくれて、魔導具だけに集中していればいいなんて言われたら、それがいいと思わないかい？」

「まぁ……否定はできませんが……」

ルシアは思わず目を逸らした。気持ちがわかりすぎるのだ。

関心のないことにはとことんどうでもいいという性質は、ルシアも同じだった。

「ルシアにはたくさん迷惑をかけてすまなかったね。これからは罪滅ぼしをさせておくれ」

父に言われ、ルシアはフルフルと頭を振った。

「気にしないで、お父様。私は大丈夫だから」

ファクト子爵は目尻に涙をため、両手を開いた。

「ルシア、ハグをしてもいいかい？」

「ええ、お父様！」

ルシアはその胸に飛び込んだ。

しみついた松脂の香りが、ツンと鼻の奥をくすぐる。ローサの嫌った匂いだったが、ルシアには懐かしく心地よい香りだ。

ギュッと父に抱きしめられ、ルシアは安堵のため息をついた。

「ルシア、もうここは安心だ。君を傷つける者はいないよ。だから、家に戻っておいで」

ファクト子爵はルシアの頭に顔を埋め、優しく言った。

カイルはそれを聞き、ギュッと胸が痛くなる。ルシアのことを考えれば、生まれ育った国で親の庇護のもと、貴族の娘として生きたほうが幸せだろう。逃げなければならない理由がなくなった今、魔導具の技術が遅れたシグラ王国に留《とど》まる理由などないのだ。

ルシアはバッと顔を上げた。

ファクト子爵の顎にルシアの頭がぶつかる。

「ブフッ！」

ファクト子爵が呻くと、ルシアは慌てて謝った。

「ごめんなさい！　お父様、私、ヒベルヌス王国には戻りません」

「え？　ルシア、でも、」

「私、今の生活が幸せだから」

そう答え、ルシアはカイルへ振り向いた。

ほのぼのと太陽が昇りはじめ、カイルの顔を朝日が照らしだした。

不安げだったカイルの表情が、パァァァと明るくなった。まるで、雪の合間で春を告げようとする花のようだ。

その眩しさにルシアは思わず目を眇めた。

「ルシア。本当？」

「もちろん！」

カイルの問いに、ルシアは頷いた。そっと、父の胸を押しその腕から出る。

「ルシア……」

ファクト子爵は半泣きでルシアを見た。

ルシアは父へにこやかに告げる。

「ごめんなさい。お父様。私が帰る場所は、もうここではないんです」

そう言って、カイルの横に並ぶ。

バンクは尻尾でキュッとルシアの首を抱いた。

ニィはふたりのあいだに入り、カイルのスラックスとルシアのスカートをギュッと掴む。

ルシアはバンクとニィを見て微笑んだ。

カイルは表情を引き締めると、一歩前へ出た。

「僕がルシアを守ります。ですから、ルシアがシグラ王国で暮らすことをお許しください」

真剣な眼差しで許しを請う。

ファクト子爵は絶望したように顔を青ざめさせた。

「なんだい。それは。まるでプロポーズじゃないか……」

指摘され、カイルとルシアはバッと顔を赤らめさせ、互いに顔を見合わせる。

「っえ？　そんなんじゃ……」

言いかけたルシアに、カイルが慌てて言葉をかぶせる。

「えっと、その……。僕は以前ルシアにプロポーズしています。今は返事を待っているところです。だから、これはプロポーズじゃなくて、決意表明というか……、たとえ断られても、僕はルシアを守りたいから……」

カイルはワタワタした様子で、チラリとルシアを見た。

「え⁉　あの卒業記念パーティーでのプロポーズって本気だったの？」

ルシアは驚く。てっきり、あの場から救い出すための方便だと思っていたからだ。

カイルは瞳に涙をためて、はぁぁぁぁと長いため息をつき、その場にヘナヘナと座り込んだ。

そして、恨めしげに涙目でルシアを見上げる。まるで、雨の中捨てられた子犬のような瞳である。

幼気《いたいけ》な様子にルシアは思わずよろめいた。罪悪感が襲ってくる。

「えっと、だって、あのときは、レモラ様から助けるための方便だと……」

「嘘だと思ったんだ？」

「嘘っていうか、だって、ずっと友達だったし」

「でも、僕はずっと前から好きだったよ。だけど、別の人の婚約者だったから、諦めてたんだ。

だから、チャンスだと思ったんだけど……」

シュンとしたように俯くカイルに、ルシアの胸がズキズキと痛む。

「……あの、カイル……」

オロオロとするルシアを見て、カイルは大きくため息をついた。

ルシアはギクリとして、不安になる。

(これって、傷つけたわよね？　いくらなんでも愛想を尽かされちゃうかも)

そう思い怖くなる。

もう、ルシアにとってカイルはただの友達ではなかったからだ。

レモラに追い詰められたとき、無意識に彼の名を呼んで気がついた。今まで誰にも助けを求めずに生きてきたルシアにとって、カイルは素直に頼ることができる特別な人なのだ。

失いたくない、そう思う。

「違うの、カイルっ！」

ルシアがすがるように名前を呼んだ。

カイルは真面目な顔をして、ルシアを見つめた。カイルはいつもにこやかな表情を浮かべている。このような顔つきをするのは、戦いに挑むときだ。

ルシアはビクリと体を硬くして、キュッと瞼を瞑った。

(やっぱり、怒ってるわよね)

ルシアは叱られる覚悟をした。

すると、カイルは小さく息を吐いた。そして自信なさげに尋ねる。

「ルシア。もう一度、プロポーズしてもいい？　僕はシグラ王国の第三王子でルシアに迷惑をかけると思うんだけど……。このまま、諦めたくないんだ」

ルシアは信じられずに、瞼を上げた。

カイルはひたむきな目でルシアを見つめている。その真摯な表情にルシアは胸を打たれた。それだけで胸がいっぱいになり、言葉もなく静かに頷く。

カイルはホッとしたように頬を緩めて、ルシアの前に跪いた。そして、胸のポケットから布に包んだ物を取り出し、ルシアの前に捧げる。

「これからの人生、僕と一緒に生きてくださいませんか？」

そう懇願し布を開く。そこには小さなコインが入っていた。カイルの青い瞳が懇願するように輝いている。

ルシアはそれを取り、しげしげと眺めた。

表にはシグラ王国の印である六つの星、裏には第三王子の印であるひまわりの花が描かれていた。これは、王家の者にとって、大切な人物だけに与えられる物だ。

このコインを持っている者は、王宮への出入りが自由となるのだ。

「……やっぱり、重いかな」

カイルが呟き、ルシアはギュッとコインを握りしめた。

そして、ブンブンと頭を横にする。

「そんなことない！　そんなことないよ！　嬉しい！」

カイルは心細そうな顔でルシアを見上げる。

ルシアは跪くカイルに抱きついた。

「王子とか、平民とか関係ない。私はカイルと一緒にいたいの！」

ルシアが告げると、カイルは太陽のように微笑んだ。

「ありがとう、ルシア。僕もだよ」

カイルがそう答えると、ふたりは抱き合ったまま立ち上がった。

キキとバンクが鳴き、ニィが口笛を吹いた。

ウルカヌスが人さし指を空に向け、花火を打ち上げる。

紫色の朝空に、音もなく無数の火花が舞い踊る。黄金の花火が咲いては散ってゆく。ウルカヌスだからできる精霊の技だ。

ファクト子爵家の人々は眩しそうに空を見上げた。ひまわりのような花火に、自然と祝福の拍手が起こる。

ファクト子爵はガックリと肩を落とし、意気阻喪《いきそそう》とした様子でルシアを見た。

「ルシアぁ……。せっかく、親子水入らずで暮らせると思ったのに……」

ぼやくファクト子爵を執事は微笑みいさめる。

「お嬢様は充分旦那様の尻拭いをいたしましたよ。これからはお嬢様の幸せを優先して差し上げては？」

執事に言われて、ファクト子爵は半泣きで笑った。

「そうだね。私が見ないうちに、ルシアはすっかり大人になっていたようだ。たくさん迷惑をかけた分、あの子には幸せになってもらわなければね」

ファクト子爵は答えると、パンパンと手を叩いた。そして、声を張りあげる。

「おめでとう。ルシア」

滂沱の涙を流しながら、娘を祝う。

ルシアは父に振り返った。そして晴れやかに破顔した。

「お父様、ありがとう！」

カイルもルシアの肩を抱きながら頭を下げた。

「ありがとうございます」

ファクト子爵は涙で顔をグシャグシャに濡らしながら、カイルに頭を下げた。

「ルシアを……娘を……よろしく……頼み……ますぅぅ……」

ファクト子爵の万感の叫びが響いた。

ウルカヌスが呵々大笑し、もう一度指を突き立てる。

明けの明星が残る早天《そうてん》に、もう一度花火が咲き乱れる。
ルシアとカイルは肩を寄せ合って、空を見上げた。
新しい未来の幕開けを祝うような大輪の花火だった。

10. ルシアの魔導具工房へようこそ！

ここは、シグラ王国セファ領プラオット村である。

ルシアはその後、ここルシアの魔導具工房へ帰ってきていた。

カイルのプロポーズは受け入れたが、すぐに結婚するわけではない。

ジューレ侯爵家が起こしたさまざまな問題が整理されるまでは待ってほしいと、ヒベルヌス国王から頼まれたのだ。

また、ルシア自身がプラオット村での生活を気に入っていた。もう少しのんびりとした生活を楽しみたいという考えが、ルシアとカイルで一致したのだ。

ルシアとカイル、それにニィとバンクの四人は、松脂の香る工作室にいた。

ニィはルシアのスカーフを正式にルシアからもらい、誇らしげに首に巻いている。バンクとふたりで、松脂を使い魔晶石を磨いていた。

「そういえば、落ち着いたらこれを見てほしいと思ってたんだ」

カイルは母の形見のペンダントを取り出すと、ルシアに見せた。

バンクはクンクンとペンダントの匂いを嗅ぐ。

「ウルカヌス様のペンダントと歯車が入れ替わったペンダントなんだけど……。ウルカヌス様は直ったようだけど、僕のペンダントは壊れたままなんだ。もし知ってたら制作者を教えてくれない？　修理を頼みたいんだよ」

カイルは期待に満ちた眼差しでルシアを見た。

憧れ続けてきた天才魔導具師の所在がわかるかもしれないのだ。

ルシアはそれをしっかりと見るのは初めてだった。

「ウルちゃんとよく似てると思ってたけど……」

ルシアは言葉を失った。

「それ、ルシアが作ったやつー」

代わりにニィが答えて、カイルは驚きの声をあげた。

「は？　だって、これは、僕の母の形見で……。僕が八歳のときに母が買い求めたと……、え……。ルシア……？」

ルシアはコクリと頷いた。

「これは私が初めて作った魔導具ペンダントだわ」

ルシアも驚いていた。

ルシアが七歳の頃だ。母が持っていたウルカヌスの古代秘宝《アーティファクト》を定期整備《オーバーホール》した際に、同じものを作ってみたいと見様見真似《みようみまね》で作った物だ。

もちろん同じようにはできなかったが、七歳にしてルシアはその才能を開花させた。

ルシアが定期整備《オーバーホール》したことで、ウルカヌスは永い眠りから目を覚ましたのである。

「きっとそのときに、あの歯車を入れ間違えちゃったのね」

定期整備《オーバーホール》する前は、ただの壊れた古代秘宝《アーティファクト》だったウルカヌスのペンダント。

ルシアは古代の技術を再現してみたくて、細かくバラし、すべての部品を真似して作ったのだ。

ジューレ家での騒ぎの際に明らかになったのだが、どうやら組み直す際に、部品の一部を入れ間違ってしまっていたらしい。

カイルは感動で身震いする。

「ずっと捜していた天才魔導具師がルシアだったなんて……‼　こんなふうに出会えたのはペンダントのおかげだね‼」

興奮し、キラキラとした目を向けるカイルが眩しい。

ルシアは気恥ずかしく思いつつ、嬉しくもある。

「天才だなんて大袈裟よ。でも、カイルと出会えたのがペンダントのおかげなら嬉しいな」

ルシアは頬を赤らめ答える。

ふたりは見つめ合い、ニッコリと微笑んだ。

「ルシア、修理を頼んでいいかな？」

カイルはそう言うと、自分のペンダントをルシアに預けた。

ルシアはパァァァと笑顔になる。

「うん！　絶対に直すわ！」

そう請負い、ルシアは皮エプロンを着け、自分の作業机に座る。

「ウルちゃん、壊れているところわかる？」

呼びかけると、ウルカヌスがペンダントから現れた。

最近のウルカヌスは、通常ペンダントの中で過ごし、ルシアに呼び出されると実体を現すようになっていた。

実体化には多くの魔力が必要で、疲れるのだとウルカヌスが言う。

「ああ、これは水没させられたな……。錆《さ》びてる部分がある。魔力も放出しているし、魔晶石は交換だな」

ルシアは頷いた。

魔導具のライトをつけ、ルーペを準備すると、さっそく精密工具で分解を始める。

カイルはマジマジと作業を覗き込んでいる。

「こっちの機構はなに？」

「これは録音機能なの」

「この歯車だけ塗装が違うね」

「これがウルちゃんから交換された歯車ね。防火塗装をしてあるの。カイルの部品にも防火塗装をしたほうがいい？」

「それは僕にやらせてくれる？」

「いいわよ。えっと、やり方は……」

カイルとルシアは額を付き合わせて作業をしている。

「ついでだから防水にしようかしら？」

古い油を洗浄し、壊れた部品を交換する。サビを取り、塗装をする。

「塗装を焼きつけるのは儂がやってやろう」

ウルカヌスはそう言うと、ペンダントの部品を握りしめた。

拳全体がボッと燃え、次に拳を開くと手のひらには塗装が焼きついた部品があった。しかもすでに冷めている。

「すごい！　ウルちゃん、すごいわ！」

「儂は火の精霊だからな。褒め称《たた》えよ！」

ウルカヌスがドヤ顔でふんぞり返る。

「すごい！　すごいよ、ウルちゃん‼　今度は焼き芋、焼いてもらおう！」

ルシアが言って、ウルカヌスとカイルは顔を見合わせ噴き出した。

ルシアは意味がわからずに小首をかしげる。

「仮にも火の精霊に焼き芋を焼かせる？」

ニィとバンクは、呆れて小さくため息をついた。

「さーて、防水機能をつけましょうか」

ルシアはそういうと、防水用のパッキンを取りつける。

「どうかな？　ウルちゃん」

「ああ、完璧だ」

ウルカヌスの確認をして、ルシアは最後の仕上げに取りかかる。

「これからもカイルを守ってね」

ルシアはカイルのペンダントを両手で包み込むと、そう願った。

すると、ペンダントがルシアの手の中で、強く光り輝いた。そして、カチリと音を立て、中の歯車が動きだす。魔導具としての機能が回復した証拠だ。

ルシアは手を広げ、ペンダントをカイルに差し出した。

カイルはペンダントを受け取ると、蓋を開け、脇のボタンを押した。

カイルの母の写真が、スライドのように移り変わる。

そして、彼女の歌う子守歌が流れてきた。

カイルはギュッと瞼を閉じた。

懐かしい母の姿とともに、ずっと求めていた母の声が聞こえてくる。

『おやすみなさい。カイル。いい夢を』

優しい声が響いて、写真のスライドが止まった。

「ありがとう、ルシア」

カイルの目尻に光る涙がたまっている。

潤んだ青い瞳で微笑むカイルは、朝露を抱いてほころびはじめる青い薔薇のようだ。

ルシアはその美しさに思わず見蕩れた。

（カイルが喜ぶと私まで嬉しくなっちゃう。なんだか、世界中に薔薇が咲き乱れているみたい）

ボウッと見蕩れるルシアに気がつき、カイルは小首をかしげた。

それがまたあざといのだ。

「どうしたの？　ルシア」

甘い声で尋ねられ、ルシアはハッとしてブンブンと頭を振った。

「な、なんでも、ないわ。無事に直ってよかったね」

ギクシャクした口調で答えると、カイルは満面の笑みを向ける。

「うん！」

満足そうに返事をし、さも当然のように、ペンダントにキスをした。

なぜだかルシアは自分がキスされたかのように思えて、耳までカッと赤くなる。

「もう傷つけさせたりしないからね」

そう囁く声がいやに色っぽく、ルシアはうろたえる。

（あれはペンダントに言ったの！　ペンダント！　ペンダント‼）

正式にプロポーズを受けてから、カイルは愛情表現を隠さない。

少年のような、明るく闊達《かったつ》とした中に、ときおり交ざる大人の色気がいろいろと、そう、いろいろとルシアの心をかき乱すのだ。

熱くなった頬を押さえるルシアを見て、ウルカヌスがニヤニヤと笑った。

そこへ、ニィが手紙を持ってやってきた。

「ルシア、ファクト子爵様から手紙だよ」

ルシアは手紙を受け取ると、さっそく開いてみる。

「……いろいろと処遇が決まったみたいね」

ルシアは困ったように眉をハの字にした。

「もしよかったら教えてくれる？」

カイルが尋ねる。

「もちろん！　えっと、ジューレ家は今までの罪が明らかになって爵位を剥奪されたそうよ。……うーん、まだ侯爵様って呼んでいいのかしら？　侯爵様とレモラ様は王国所有の鉱山で強制労働ですって。セファ領の魔晶石の盗掘と山火事の被害に関しては、侯爵家の財産と、強制労働によって賠償させることで、両国間の合意が得られたみたい」

王国所有の鉱山は罪人が送られる強制労働所なのだ。命の危険と隣り合わせの坑道で、過酷な生活が待っている。環境は劣悪で、元貴族だからといって特別視されることはない。

「侯爵夫人は、離婚のうえで蟄居《ちっきょ》。ローサさんも離婚して、慰謝料をお父様に払うみたい。それで、鉱山で強制労働だって。ミゼルは修道院行きみたいね。奉仕活動をしながら、学び直すらしいわ」

ルシアは大きく息を吐いた。

「気の毒ね」

ルシアが言う。

「そんなことはあるまい。死刑だ！　死刑‼」

ウルカヌスがいきり立つ。

「キキー‼」

バンクは鼻に皺を寄せて、タンタンと地面を踏みならす。

「死刑まで望んでないわよ」

ルシアが笑う。

「ルシアならそう言うと思ってた」

ニィは肩をすくめる。

「いい落としどころじゃないかな？　簡単な処罰では、シグラ王国も黙っていられないしね。僕に対する不敬もあって、死刑を望む声もあったから。ある程度誠意を見せてもらわないと、国際問題だよ」

カイルは穏やかに答える。素知らぬ顔で微笑んでいるが、シグラ国王の相談に乗ったのはカイル自身である。

シグラ王国の王子を殺そうとしたのだから、死刑にすることもできた。しかし、カイルにもルシアが死刑を望まないことはわかっていた。

心優しいルシアなら、彼らの死刑に責任を感じてしまうかもしれない。そんなことで、彼女が傷つくのも嫌だった。

それに、ルシアを苦しめてきた人々をそんなに簡単に許せなかった。死んで楽になるよりは、同じような苦しみを味わわせたいと思ったのだ。

本当はレモラにルシアを引き渡した眼鏡の男も罪に問いたかったのだが、彼はすでにジューレ侯爵家から退散したあとだった。それ以降、行方不明である。

「……そうよね。私ひとりの問題じゃないものね。カイルまで巻き込んだんだもの、だいぶ軽い処遇なんだわ」

ルシアは納得した。そして、手紙の続きを読んで思わず噴き出す。

「ジューレ家の剥奪された爵位と役職が、そのままお父様に押しつけられそうですって。お父様は忙しくてうんざりしているそうよ」

「気持ちはわかる……かな？」

カイルは苦笑いした。

「お父様は今までサボりすぎたから、少しは苦労したほうがいいのよ」

ルシアはクスクスと笑っている。

「それと、ローサさんからの慰謝料は私に送ってくれるみたい。……罪滅ぼしだなんて……そんなこと気にしなくていいのに……」

ルシアは唇を突き出した。

「ありがたく受け取っておいたら？　親元を離れた娘への親心だと思うよ」

カイルが言う。

「うーん……」

ルシアは納得できないように呟きつつ、次の文を読み驚き、バッと顔を上げカイルを見る。

「ヒベルヌス王国での残務処理が終わったら、お父様がシグラ王国へやってくるですって？」

カイルはくつくつと忍び笑いをもらした。

「どういうことか知ってる？　カイル」

「うん。今度、シグラ王国にも魔導具省が創設されることになったから、特別顧問になってもらうようお願いしたんだ。それにともない、お義父様《とう》にはシグラ王国の爵位が授与されることになっているよ」

カイルがサラリとルシアの父を義父と呼んだが、事の重大さに混乱したルシアは気がつかない。

「は？　そんなことある？　そんなこと許されるの？」

「許されちゃった」

カイルが、あざとく笑ってみせる。

実は、この度の問題を話し合う際、カイルは解決案を出すように王にもとめられていた。そのなかで、フェクト子爵家がシグラ王国へ移住できるよう交渉していたのだ。膨大な賠償金に頭を悩ませたヒベルヌス王国は、渋々ではあるがファクト子爵家の移住を認めざるをえなかったのだ。

「嘘でしょ……」

ルシアは唖然とし、手紙に目を戻した。

「っ！　もう‼　お父様ったら‼」

そう言って、手紙をテーブルに伏せ、真っ赤になった顔を押さえた。

「どうしたの？　ルシア」

「っえっと……、なんでも……ないわ」

不思議そうに尋ねるカイルに、ルシアはしどろもどろになる。

「どれどれ」

ウルカヌスが手紙を取り上げる。

「ウルちゃん！」

「なんでもないなら、隠すことはないではないか」

ウルカヌスは愉快そうに笑うと、「おや」と片眉を上げて音読する。

「『ルシアは嫌がるかもしれないけれど、シグラ王国で爵位を授かったら、ファクト家に籍を戻すのはどうだい？　平民だとカイル様との結婚が難しくなるかもしれないからね』……だと」

「お父様ったら、気が早いんだから……。ねぇ、カイル？」

ルシアは顔を真っ赤にしてカイルを見る。

「僕にすればお義父様の申し出はとてもありがたいけど……。ルシアは嫌？」

カイルが首をかしげる。

「え……う……」

子犬のような瞳で尋ねられ、ルシアは思わず目を逸らす。

ルシアは真っ直ぐに向けられる好意にまだ慣れていないのだ。戸惑いと恥ずかしさで、少しごまかしてしまいたくなる。

「ルシアが嫌なら無理しなくていいんだよ」

カイルは優しく微笑んだ。

ニィは不思議そうにルシアを見つめる。

「なんで？　ルシア嫌なの？　オイラ、カイルなら大賛成！　カイルなら、オイラもルシアと

「一緒に連れてってくれるでしょ？」

「キキキ」

バンクも賛同するように鳴いた。

「もちろん、みんな一緒だよ」

カイルは穏やかに答える。

「え？　じゃなんで嫌なの？」

ニィに純粋無垢《むく》な目で尋ねられ、ルシアは追いつめられた。

心は決まっているけれど、口に出すのはなんと難しいことか。

「……ぃやじゃない……です……」

ルシアはゴニョゴニョと言葉を濁す。

「ん？　なあに？」

カイルは聞き取れなかったのか、小首をかしげた。

「嫌じゃないに決まってるわ」

ルシアは恥ずかしさのあまり涙目になる。

「嫌じゃないって決まってるんだ！」

カイルは幸せそうに微笑んだ。

「嬉しいな」

お日様のように輝く笑顔に、ルシアはクラクラと眩暈《めまい》がして、脱力した。

「手続きはシグラ王国が全部してくれるそうだ」

ウルカヌスはご機嫌である。

「じゃ、早く返事を書かなきゃ！」

ニィはそう言って、紙とペンを取ってくる。

バンクも嬉しいのか、『キキキキ』と声をあげてルシアの肩によじ登った。

モフモフの尻尾がくすぐったい。

ルシアはバンクの尻尾をギュッと抱きしめた。

「早く！　ルシア、早く！」

ニィにせかされ、ルシアは苦笑いする。

ルシアよりニィのほうが喜んでいるように見える。

「もう、待って？　なんて書いたらいいのか考えるから」

「なんて書くの？」

ニィが尋ねる。

「『カイルと結婚したいから早くしろ』って書くべきだろう？」

ウルカヌスが偉そうに答える。

「ウルちゃん、変なこと言わないの！」

「変なことではないぞ」

「たしかに変なことじゃないけど、なんていうか、手紙にそぐわないっていうか……ああ、全然まとまらない」

バンクも会話に交ざった気分でキキキと主張する。

賑やかなルシアたちの様子に、カイルは満足げに目を細めた。穏やかで温かい日常がここにはあった。

(本当に幸せだ)

カイルは思う。

すると、ルシアの魔導具工房のドアベルが音を立てた。

「おーい！　ルシアちゃん、修理をお願いしてもいいかい？」

入り口で呼ぶ声がする。

「はーい！　少しお待ちください！」

ルシアは急いで立ち上がった。

「そうだ、これ」

カイルがルシアの首元に新品の緑のスカーフを巻きつけた。

ルシアが以前使っていたスカーフは、ニィが正式に譲り受けたからだ。ニィいわく、『オイラが自分の意思でルシアのそばにいる証し』らしい。

「おかえり、ルシア」

カイルが微笑み、ルシアは胸がいっぱいになった。

「ただいま、カイル」

ルシアも微笑み返す。

そして、工作室から店へ向かうドアを開いた。バンクが慌ててルシアの肩に飛び乗る。

ルシアは元気いっぱい笑顔満載だ。

「いらっしゃいませ！　ルシアの魔導具工房へようこそ！」

溌剌としたルシアの声に、来店客も思わず頬が緩んだ。

光溢れる店内で、魔導具たちがウキウキと出番を待っている。

ルシアの魔導具工房は、今日も忙しくなりそうだ。

終

特別書き下ろし番外編

番外編　一条の光

カイル・ヤ・ウマトは、シグラ王国の第三王子だ。

しかし、今はカイル・シエケラと名を変え、平民のふりをしてヒベルヌス王国へ留学している。

カイルは、シグラ王国での悪意の満ちた王宮暮らしにうんざりしていた。そのため、母方の実家である辺境伯領に身を寄せ、一貴族として暮らしていたのだ。

しかし、最近になって、王宮へ戻るように圧力がかけられるようになってきた。そこで、時間稼ぎもかねて逃げるように留学することにした。どうせならと、大好きな魔導具の最先端国ヒベルヌス王国を留学先に選んだのだ。

カイルは瞳の色が変わって見える魔導具の眼鏡を取ると、校庭の端にある水飲み場の縁に置いた。バシャバシャと顔を洗う。今は体育の授業が終わったばかりだった。

すると、下卑た笑い声とともに、水飲み場の縁に置いていた眼鏡が払われた。カシャンと不穏な音が響く。

「ああ、悪い」

カイルは濡れた顔を上げ、薄目で人影を見た。

そこには、灰色の髪の男が取り巻きを連れて薄く笑っていた。ジューレ侯爵家嫡男レモラである。

「……あ、いえ」

身分を隠しているカイルは、学園では目立たぬように振る舞っている。珍しい平民留学生だということもあって、平民の生徒たちは快く受け入れてくれた。しかし、貴族の生徒たちはそれをよく思わなかったらしい。

長めの前髪で眼鏡をかけ、真面目でおとなしい生徒を演じているせいもあって、カイルは貴族たちのからかいのターゲットにされるようになったのだ。

くだらないと思いつつ、従順なふりをして、おとなしく眼鏡を拾おうとした。そのとき、眼鏡の上に尖った靴先が乗った。

バキリと無情な音がして、カイルは伸ばしかけていた手をギュッと握り込む。

（どこに行ってもくだらないことをするヤツがいるんだな）

シグラ王国の王宮では、母の形見のペンダントを腹違いの兄ナタンに奪われ、水に落とされ壊されたことがあったからだ。

（そういう嫌がらせがわずらわしくて王宮を出たのに……）

カイルは思いながら、ため息を噛み殺す。希望に溢れていたはずの留学も、蓋を開けてみれば、王宮とさして変わりがなく、幻滅である。

「ああ、すまないな。足がすべった」

レモラは眼鏡の脇に銀貨を一枚落とす。

「それで新品でも買うといい。流行遅れのそんな物より、いい物が買えるだろ」

(銀貨一枚で買えるような物じゃないのに)

壊された眼鏡は、町の魔導具師では直せないような高価な魔導具だ。カイルは憤ったが、この眼鏡が魔導具であることは秘密なのだ。

平民として留学している以上、侯爵子息に盾つくこともはばかられる。

本当の身分を明かしさえすれば、レモラを謝らせることは簡単なことだが、それをしたらこの留学は終了だ。

カイルは怒りをグッと呑み込み、地面に落ちた眼鏡と銀貨を拾う。指先が土で汚れ、惨めな気持ちで心まで泥色に染まる。

「ありがとうございます」

しかしカイルは、目の色を悟られないように注意しながら薄目でヘラリと笑ってみせた。

「今度からは気をつけろよ、平民」

レモラは満足したように歩きだした。こんな非道なおこないをしても、誰ひとりレモラをとがめる者はいない。

(結局どこへ行っても、こういう嫌がらせはなくならないんだな……)

カイルは呆れ、ガッカリした。王宮を出れば、悪意から自由になれると思っていた。

しかし、実際は身分を隠し他国へ留学してきても、今度は違う理由で嫌がらせを受ける。人の醜い心は、国や立場が変わってもなくならないようだ。

（だったら、我慢してこの留学を続ける理由なんてあるんだろうか？　もう、うんざりだ）

カイルは陰鬱な気分で銀貨を水道場の縁に置くと、眼鏡にため息交じりの吐息を吹きかけた。

（泥がついてしまったけれど魔導具だからね。むやみに水洗いするのはよくないはずだ。僕には直せそうもないし、かといって、学園内に修理できる人はいるはずがない。魔導具工房へ出すしかないんだろうけれど、平民向けの工房では無理だろう。眼鏡をかけないと瞳の色がバレてしまうし……）

カイルは考えあぐねて、長く大きな息を吐いた。

（ああ、なにもかも面倒だな……。王子であることをバラして帰国してしまおうか）

自暴自棄な気持ちになったカイルの後ろから、レモラへ注意が飛んだ。

「レモラ様！　そういうのはよくないです‼　ちゃんとこの方に謝ってください！」

振り向くとひとりの少女が、レモラを真っ直ぐに見据えていた。

その姿は凜として美しく、カイルの目は奪われた。この学園で、レモラに注意する生徒を見たのは初めてだったからだ。

（ここにはこんな子もいるんだ……！）

カイルは驚き感心した。ヒベルヌス王国も捨てたものではないと思ったのだ。

「ルシアは婚約者だからって、口うるさいんだよ！　それに、こんな地味な平民のなにがいい！　貴族なら貴族らしく、平民なんか無視をしろ！」

レモラはそう吐き捨てると、スタスタと行ってしまった。

「大丈夫ですか？」

ルシアに声をかけられて、カイルは慌てて目を細めた。長い前髪のあいだから、薄目で様子を窺う。青い瞳であることを知られたくなかったからだ。

「大丈夫です」

カイルは俯き、小さな声で簡素に答えた。

「レモラ様が酷いことをしたみたいで……。止められなくてごめんなさい。お詫びにというのもなんですが、よかったら、眼鏡を私に見せてくれませんか？」

薄目で見てもわかるほどに、恐縮している。

ルシアはレモラとは違い、相手が平民だからといっても、横暴には振る舞わないようだ。

「いいえ、大丈夫です」

しかし、カイルは断った。眼鏡が魔導具だと知られたくなかったからだ。

ルシアは、一瞬考えると、小さな声で続けた。

「たぶん……その眼鏡。魔導具ですよね？　私、ルシア・デ・ファクトと申します。魔導具師の家系なので、もしかしたら少しはわかるかもしれないんです」

カイルはルシアの言葉に驚き、思わずバッと目を見開いた。ファクト子爵といえば、魔導具愛好家の中で知らない人はいないからだ。

ルシアはカイルの青い瞳を見て、息を呑み、そして小さく微笑んだ。

「……ああ。うん。そういう……、なら、私、やっぱり直せると思います」

カイルは自分の青い瞳を見られたのだと気がついて、慌てて目元を隠した。

「……本当ですか？」

「眼鏡を見てみないとわからないですけれど、たぶん、できると思います」

カイルは半信半疑ながら、ルシアに眼鏡を渡した。

カイルも少しくらいなら魔導具修理の知識はある。その自分が諦めた修理だ。それをファクト家の娘というだけで修理ができるとは思えない。一般に、貴族の娘は仕事をしないものだからだ。

それでも、半分は信じてみたかった。

平民の留学生のために、手を差し伸べてくれた優しさを信じたかったのだ。

それに、眼鏡が魔導具であることも、瞳の色も知られてしまっている。そのうえ、魔導具の効果に気がついたルシアなら、もしかしたらと期待した。

ルシアは泥に汚れた眼鏡を両手で大切そうに受け取った。

そして、ウエストポーチの中から、特殊精密工具を取り出した。自分以外にも、精密工具を持ち歩いている生徒がいたのかと、カイルは驚く。どうやら魔導具師というのは本当らしい。

ルシアはマジマジと眼鏡を観察した。

「うーん、どこが壊れてるのかしら。レンズは割れてないわね。ああ、ここに魔晶石……」

ルシアはまるで誰かに相談するかのように、独り言を呟いている。

そして、フレームのネジを外し、レンズを取る。それを水で洗い、太陽に透かして傷を確認する。シルクのハンカチを水道場の縁に置き、レンズをその上に置いた。

ためらうことなく水飲み場の脇に座り込み、さまざまな工具を広げる。手袋をはめ、ルーペを使って眼鏡を観察すると、フレームの中に組み込まれていた機構を取り出した。ゴム球の先に細い管がついた送風機《ブロワー》で埃や砂汚れを落とす。

迷いなくテキパキと修理をする手さばきに、魔導具へ向ける優しい視線。そして、平民にも同じように語りかけるルシアを見て、カイルのささくれだった心が凪《な》いでくる。

ルシアは魔晶石を取り外し、自分の手持ちの魔晶石を出す。そして、形を整え、もとの位置に入れ替えた。

レンズを入れ直し、ルシアは眼鏡に声をかける。

「レモラ様が、酷いことしてごめんなさいね。痛かったでしょ？　これで直ったわ。これからも頑張って持ち主さんを支えてね」

魔導具をまるで人のように扱う姿が可愛らしくて、見ているカイルの心まで温かくなってくる。

ルシアの言葉に応えるように、魔導具眼鏡がほのぼのと光を帯びた。

(まるで魔法だ……。魔導具からしたら、彼女は救いの女神に見えるかもしれないね)

その光は、嫌気が差していた学園生活に差し込む一条の光にも感じられた。ルシアは魔導具だけではなく、カイルの心も救ってくれたのだ。

キラキラとした瞳でジッと様子を眺めているカイルを見て、ルシアは魔導具に興味があるのだと思い、微笑ましく思った。

「魔導具の修理は珍しかったですか？」

ルシアに声をかけられて、カイルはハッとする。

「っあ、はい。僕、魔導具が大好きで、いろいろな魔導具を知りたくてヒベルヌス王国を留学先に選んだので」

そう答えると、カイルは自身の精密工具を広げて見せる。

それを見てルシアは噴き出した。

「学園に工具を持ってきてる人なんて、初めて見たわ！」

「あなたも同じじゃないですか」

カイルが指摘すると、ルシアは楽しげに声をあげて笑った。

「私たち、似たもの同士かもしれないですね」

満面の笑みを向けられて、カイルの胸はドキリと高鳴る。

「そうですね」

そうであってほしいとカイルは思う。

ルシアはカイルのそんな気持ちには気づかずに、眼鏡を手渡した。

指先が触れ合って、カイルはビクリと震えた。

ルシアはなんでもないような顔をして、小首をかしげて微笑む。

それがなんとも可愛らしくて、カイルの胸はキュンと音を立てた。

「どうぞ、かけてみて?」

ルシアに言われて、カイルはハッとする。

「あ、ありがとうございます」

そしていそいそと、カイルは眼鏡を受け取りかけてみる。

ルシアは手鏡をカイルに向けた。

鏡の中にいるカイルの瞳は茶色になっている。きちんと魔導具が直っているのだ。

「大丈夫そう?　もう少し調整が必要かしら?」

ルシアが心許なさげに尋ねた。

「すごいです!　とっても素晴らしい技術です‼」

カイルは興奮して、ルシアの手を取った。

「修理代はいくらになりますか？」

そう続けると、ルシアは困ったように辞退する。

「そんなの受け取れないわ。だって、レモラ様があなたに意地悪して壊したんだもの……。本当にごめんなさい」

ルシアが深々と頭を下げる。

カイルはその様子に胸が痛んだ。

「ルシア嬢が謝ることではないと思います」

カイルが言うと、ルシアは驚いたように目をパチクリさせた。その言葉が意外だったのだろう。

「でも、私はレモラ様の婚約者だから代わりに謝罪しないと」

「ルシア嬢はルシア嬢です。もういい年です。レモラ様の罪はレモラ様自身で償うべきだと思います。ルシア嬢が肩代わりするなんておかしいですよ」

カイルがキッパリと答えると、ルシアは悲しげに微笑んだ。

「そうか、そうなのね。今までずっと、レモラ様の失態の責任は、私にあると言われるのが普通だったから。そんなことなかったのね……」

その表情があまりにも儚げで切なくて、カイルはもどかしく思った。

「……ルシア嬢。あまり、自分を責めないで」

カイルが言うと、ルシアは小さく頷いた。そして、いたずらっぽく笑う。

「『嬢』だなんてやめてください。同じ学年でしょう？　もっと気楽に話したいわ。お名前を聞いてもいいですか？」

「僕は、カイル・シエケラといいます」

「カイルって呼んでもいい？」

「うん、僕もルシアって呼んでも？」

「もちろん！」

ふたりは微笑み合う。

ちょうどそこで、次の授業の予鈴が鳴り響いてきた。

カイルは立ち上がると、ルシアに手を差し出した。

ルシアは一瞬戸惑ったそぶりを見せたが、カイルの手を取った。

カイルはそれだけで嬉しくなって、浮き立つ心に任せて、ルシアを力いっぱい引っ張った。

「きゃ！　カイルってば‼　意外にお茶目なのね！」

ルシアは声をあげて笑う。

カイルは小さく舌を出した。

「ルシアにだけだよ」

ルシアはクスクスと笑う。

「じゃあ、私は、カイルの秘密をふたつも知ってるのね。瞳の色と、お茶目なところ」

ルシアが指折り数えて、カイルを見る。

「秘密にしてね？」

カイルが頼むと、ルシアは大きく頷いた。

「もっちろん！　私だけ知ってる秘密がふたつもあるなんて、特別みたいで嬉しいわ！」

ルシアは屈託なく笑う。

「じゃあ、またね！　急がなくっちゃ！　私、次は移動教室なの！」

生真面目なルシアは、そう言って手を振ると、いそいそと校舎へと駆けていった。

取り残されたカイルは、真っ赤になった顔を隠すように、腕で頬のあたりを覆う。

「……あの子、あれが、天然なんてズルいよ……」

カイルはボソリと呟いた。

他人の婚約者だと知っていながら、どうしても心引かれる。

（あんな横暴な婚約者より、僕のほうが……）

思いかけて首を振る。貴族同士の婚約だ。互いの思いなど重視されないとわかっていた。

（でも、勝手に思うくらいは許されるよね？）

カイルは小さくため息をついてから、顔を上げた。そして、眼鏡のフレームを慈しむようにそっと撫でた。

「またね……か。彼女がいるなら、ここも悪くないと思えるよ」

カイルはそう呟くと、小さくなるルシアの背中を眩しげに見送った。微《かす》かに残る松脂の香りが、心にツンとしみた気がした。

終

あとがき　『ウルカヌスのため息』

儂は、ウルカヌス。ルシアのペンダントに宿る大精霊だ。今日は実体化し、ルシアを見守っているのだ。

「ねぇ、ルシア。ここの機構なんだけど……」

「ああ、そこはね、カイル……」

工作室では、ルシアとカイルが額を寄せ合い魔導具の修理をしているところだ。このふたり、実は恋人同士なのに睦言《むつごと》を囁く気配もない。

「これだけ距離が近いのに、いやらしい雰囲気にならないとはなんたることだ！　若い身空なのに、誠に不健全だ」

思わずぼやくと、ルシアがゴホゴホと咳き込んで、手から魔晶石が零れ落ちた。

それをカイルがキャッチする。

「ウルちゃんが変なこと言うから、手がすべっちゃったわ」

ルシアが口を尖らせるが、儂は間違っていないはずだ。

「お邪魔虫がいるとイチャイチャもできないようだからな。儂は眠ることにする。カイル、頑張れよ」

ため息交じりにそう言うと、カイルは「頑張ります」と苦笑いをした。

うむ、よい返事だ。

「ちょっと！　ウルちゃん⁉　それにカイルも‼」

ルシアがプリプリ怒るが、儂は無視してペンダントに逃げ込んだ。

ルシアに触れるペンダントの裏面が、体の火照りを伝えてくる。その温かさが心地よく、儂は静かに目を閉じた。


いつも応援ありがとうございます。藍上イオタです。今作は、虐げられていた天才魔導具師の少女が、自らの才能で幸せを掴み取っていくシンデレラストーリーです。憧れだった特別連載もしていただき、思い出のある作品となりました。

注目していただきたいのは、作中アイテムがちりばめられた可愛い表紙です。世界観が広がる素敵なイラストを描いてくださったしんいし智歩《ちほ》先生に大感謝です！

また、今回も編集部をはじめとするたくさんの方々に支えられ、ＷＥＢ版よりもずっと読みやすく、深みのあるお話になりました。ぜひ、ルシアと一緒に物語の世界を楽しんでいただけたら幸いです。

それではまた、どこかでお会いできることを願って。

藍上《あいうえ》イオタ

可愛げがないと捨てられた天才魔導具師は
隣国でのんびり気ままな工房生活を送ることにしました！
～念願の第二の人生、思う存分ものづくりライフ！～

2024年2月5日　初版第1刷発行

著　者　藍上イオタ

発行人　菊地修一

発行所　スターツ出版株式会社

〒104-0031　東京都中央区京橋1-3-1　八重洲口大栄ビル7F
TEL 03-6202-0386（出版マーケティンググループ）
TEL 050-5538-5679（書店様向けご注文専用ダイヤル）
https://starts-pub.jp/

印刷所　大日本印刷株式会社

ISBN　978-4-8137-9304-5　C0093　Printed in Japan

［藍上イオタ先生へのファンレター宛先］
〒104-0031　東京都中央区京橋1-3-1　八重洲口大栄ビル7F
スターツ出版（株）　書籍編集部気付　藍上イオタ先生